经过一只鱼的海……

张玉磬 著

内蒙古出版集团
内蒙古人民出版社

图书在版编目（CIP）数据

经过一只鱼的海. / 张玉磬著. —呼和浩特：内蒙古人民出版社，2015.7

ISBN 978-7-204-13532-5

Ⅰ. ①经… Ⅱ. ①张… Ⅲ. ①诗集－中国－当代 Ⅳ. ①I227

中国版本图书馆 CIP 数据核字(2015)第 157411 号

经过一只鱼的海……

作　　者	张玉磬
责任编辑	王世喜　董丽娟
封面设计	李琳
出版发行	内蒙古出版集团　内蒙古人民出版社
地　　址	呼和浩特市新城区中山东路 8 号波士名人国际 B 座
印　　刷	内蒙古爱信达教育印务有限责任公司
开　　本	880×1230　1/32
印　　张	8
字　　数	200 千
版　　次	2015 年 8 月第 1 版
印　　次	2015 年 8 月第 1 次印刷
印　　数	1—2000 册
书　　号	ISBN 978-7-204-13532-5/I・2634
定　　价	48．00 元

如出现印装质量问题，请与我社联系。

联系电话：（0471）3946230　3946120

网址：http://www.nmgrmcbs.com

弓弦上：一个在光阴里舞蹈着的灵魂

——《经过一只鱼的海……》序

友人嘱我为一本自由诗集作序，这可给我出了道难题。因为我很少为别人的书作序，而且于诗并没有多少研究。可是友人告诉我，诗集的作者是蒙古族女干部，现任通辽市科尔沁区文联主席，还兼任科尔沁诗词学会会长。这位女同志很有魄力，不仅倡导创立了“科尔沁诗人节”，还和她的团队一道把科尔沁区创建成“中华诗词之乡”。基层的同志工作很不容易，我便欣然应允为诗集作序。

张玉磬的《经过一只鱼的海……》

书稿很快摆在我的案头，仔细品读，确实令我惊叹不已！这部散发着墨香的书稿似一张独特的名片，深深地吸引了我，使我感到了它的厚重！

诗集从名字到整个架构都非常精巧、出奇。从自序到后记，文字素洁、凝练、独特。整部诗集堪称一首完美的抒情诗！诗集取名《经过一只鱼的海……》，没有丝毫矫情和讨巧，彰显了作者心灵境界的另一种辽阔。

一个在梦的边缘写字的女孩儿典藏的青春，经过一只鱼的海时写下的诗意的童话，内心里住着的一只黑天鹅飞回四月的桃林，一只在钢琴上跳舞的黑蝴蝶，把在风雨之夜写下的情信寄给了回到草原的玉儿，寄给了所有不曾远去的美丽，也寄给了在草原上舞蹈着的灵魂。这是诗人精神世界的自我定位，也是灵魂的自由归属。对于诗人而言，一片辽阔的海和一只畅游的小鱼，构成了一个温馨宁静而幸福的世界，也正是诗人渴望驻足的所在—— 一个海阔天空任意遨游的心灵王国。

诗人自我、自由、自信地歌咏与礼赞着大自然的春天、人生的春天。以情感的汹涌和狂放不羁，呈现着自由的灵魂畅游茫茫人海的欢悦与深刻深沉的体验。意象与幻象中的天鹅，在自由国度的飞翔，鲜明地寄寓着诗人对温暖与自由的渴望。人生风雨，也是爱情的风雨，清新、婉约、柔美地抒发着心底的情爱，张扬着爱的涅槃与升华、爱的圣洁与高贵。

我就像 / 昨夜 遗落在沙
滩上的一只红色贝壳 / 这是
亿万年前和亿万年后的我啊 /
在这一刻的晨光里 / 只有你
的眼波 / 温暖地 收留了我
——《记得 在那片海的
晨光里》

如果我是一只蜜蜂 / 这
个春天忙碌的一定是我 / 而
你早已酿好了蜜 / 只等我的
嘴唇来幸福地吮吸

花儿 就那样开吧 / 我已
在路上飞奔 / 幸福的割蜜人 /
正用花的语言 给我写信
——《花儿 就那样开吧》

诗歌如同一幅幅画面清晰的连拍照片，在海边嬉戏的穿红裙子的小女孩儿，如同拾捡一秒的童贞，这瞬间捕捉到的灵魂，聚焦了一个诗人的天赋和独特的情感世界！十八岁的青春，瀑布一样的长发，清澈的眼眸，青春、清纯、清丽的美，让人心疼，也让人梦牵魂绕，她在和谁幸福地恋爱？唯美的爱情，童话般的爱情，无以言说，只有聆听……

女性的纯情总给人温暖的感动，不是因为语言，而是一颗温暖的心裹藏的圣洁，从诞生的开始就有的圣洁！这是诗人在草原落地生根的灵魂呈现。品读每一首诗，似乎都充满神话的色彩，有一种幻美式的云笼雾罩之美，仿佛每一个都是她的灵魂——回归到科尔沁草原的灵魂。

我国著名诗人艾青 1938 年 11 月

在他的《我爱这土地》里写道：

> 假如我是一只鸟／我也应该用嘶哑的喉咙歌唱／这被暴风雨所打击着的土地／这永远汹涌着我们的悲愤的河流／这无止息地吹刮着的激怒的风／和那来自林间的无比温柔的黎明……
>
> ——然后我死了／连羽毛也腐烂在土地里面／为什么我的眼里常含泪水／因为我对这土地爱得深沉……

《经过一只鱼的海……》的作者正是因为她的身体、她的灵魂回归草原并且在草原落地生根，那种对草原母亲无比执着的炽爱，才使她情不自禁地含着泪水为草原歌唱。

玉儿 这是你的草原 / 是祖先给你的荣耀啊 / 请允许——/ 虔诚的我同它一起还给你

——《写给回到草原的玉儿》

习近平总书记去年 10 月 16 日在北京和文艺工作者座谈时指出，文艺不能在市场经济大潮中迷失方向，不能在为什么人的问题上发生偏差，否则文艺就没有生命力。他说："低俗不是通俗，欲望不代表希望，单纯感官娱乐不等于精神快乐。精品之所以'精'，就在于其思想精深、艺术精湛、制作精良。"习近平总书记还强调，社会主义文艺，从本质上讲，就是人民的文艺。人民是文艺创作的源头活水，一旦离开人民，文艺就会变成无根的浮萍、无病的呻吟、无魂的躯壳。文艺创作方法有一百条、一千条，但最根本、最关键、最牢靠的办法是扎根人民、扎根生活。应该用现实主义精神和浪漫主义情怀观照现实生活，用光明驱散黑暗，用美善战胜丑恶，让人们看到美好、看到希望、看到梦想就在前方。《经过一只鱼的海......》正是作者长期生活和工作在那片海一样的草原上，受熏陶、受感染、受洗礼、受震撼而从心底生发的对自然、对生活、对人生、对人民、对未来的由衷热爱的吟唱。

“科尔沁”，蒙古语的意思是弓箭手，想起罗曼·罗兰的《箭手》：我在向你呼吁，箭手！生命之弓在你脚下阑珊地横着。俯下身来，捡起我吧！

把箭搭在我的弓弦上，射吧！

这难道是神谕一般的礼赞吗？或许是。应该就是。 我们俨然看见，弓弦上：一个在光阴里舞蹈着的灵魂，借着风的力量，在飞翔，飞翔！是为序。

内蒙古自治区文联党组书记 张宇

经过一只鱼的海

JINGGUO YIZHIYU DE HAI

献给在诗歌里不朽的灵魂（代序）

盛夏的絮语

许淇 题

密语：在我能为你留住的春天里，再见！

这春天的夜幕正长，请不要闭上眼——
不要让长长的春天像风筝一样，
来不及回到你的睡眠。
我要你留在用哈达系着的花树下。
留在你微笑着拥抱过的草原。
留在比乌日莫还纯净的毡房和幸福的欢歌。
留在夕阳燃烧过的那片云朵里……
我要留住一片黑天鹅的羽毛，
给你做画笔。
留住那条饮过蒙古马的黑色河流，
为你研墨……

我还要留住春天最圣洁的一场雪，
覆盖在你一生收藏的那张宣纸上——
要让你封存在人间最珍贵的一幅画里，
画上我盛夏的裙裾……

今夜正长。

长过下一个世纪的风雨！
长过你辽阔的思念，
在故乡的河岸，
化成两只日夜兼程的鸿雁……

今夜，
我要在银河里埋葬所有的泪水。
我要以更圣洁的方式——和你说：再见！
在我能为你留住的春天里。
留在醒着的睡眠，
能够为你兑换来的亿万万个晨曦里——
与你，再见……

2015 年 5 月 5 日　于科尔沁草原

目 录

第一辑　春天　典藏的牛仔裤

第二辑　经过一只鱼的海……

第三辑　天鹅的村庄

第四辑 飞回四月的桃林

第五辑 风雨之夜 雨犹缠绵

第六辑　我在梦的边缘写字

第七辑　寄给　不曾远去的美丽

第八辑　在钢琴上跳舞的黑蝴蝶

第九辑　写给回到草原的玉儿

第一辑

春天　典藏的牛仔裤

典藏的春天

爱的源泉

若灵魂植入花朵的香息

就会沉醉在每一剪光阴里……

经过一只鱼的海

JINGGUO YIZHIYU DE HAI

1. 花儿　就那样开吧

你写信告诉我
说院子里的海棠樱花梨花
都已经开了
我多么兴奋
仿佛　那些花儿是为我开的

你说春风已入园
喧闹的春天
正在期待一场生猛的绽放
我的心开始激荡

如果我是一只蜜蜂
这个春天忙碌的一定是我
而你早已酿好了蜜
只等我的嘴唇　来幸福地吮吸

花儿　就那样开吧
我已在路上飞奔
幸福的割蜜人
正用花的语言　给我写信

2. 属于我的四个方向　全是春天

早晨　一睁开眼睛
春天就已经趴在睫毛上了
它说为了赶来见我　整夜没有合眼
原来　这春天是专属于我的啊

专属于我的春天
起源于一粒种子的童话
起源于指尖上的阳光
起源于相思树上的一场风雨
起源于一颗苹果
以及　和苹果有关的男人和女人

春天就是一场情史
世间万事万物的感情轮回
是风　唤醒了雨眼眸深处涌动的甜蜜
柔柔地抚触花的蕊
花的信息和忧伤
但绝不是一场桃花预谋好的春事
而是风雨之后的彩虹　照临凡间
聆听　大地一派盎然

就在此刻
投入春天的怀抱
像一片绿色的襁褓
包裹婴儿的小小睡眠
和她吮吸手指的小嘴儿

投入春天的怀抱
像一片盈盈的海
梳理着鱼美人蓝色的长发
听她动人的歌声
守护海边孤独的王子
蔚蓝色的眠床
为一场旷世的爱情　安放

专属于我的春天啊
我要整体打包
这是我唯一的行李
我要日夜不停地赶路
属于我的四个方向　全是春天

3.

我被这春天追赶

四月的天气
风自然地趴在柳树稚嫩的芽儿上　撒娇
阳光　低调发布了爱情的消息
一切生灵　都在爱里成长

一只黑天鹅清晨的歌声
撩开湖水的矫情
金色的芦苇
在天鹅的村庄　收起残冬的风景
远处的敖包
被一些好看的石头　固守了千年之久
在风中飘曳的哈达
记录着　关于这片草原的众多神话

这就是草原的春天
可以不必过早地繁茂
只要解冻的湖水　盼来天鹅的回归
只要游动的羊群
不咬伤那些青草的根
只要风把雨召回

只要桃花　开得恰到好处
草原很快就会欢生起来
我也会和小草一样　欢生起来

仿佛在心底
已疯长出无数条根须
在草原繁茂之前
我被这春天　追赶

4. 女儿　飘落成春天的童话

三月的某个夜晚
女儿飘落成春天的童话

一夜飘雪
为梦做了华丽的铺陈
圣洁的女儿啊
潜入静谧的春夜
安睡于　一朵桃花的蕊

三月的某个夜晚
撕裂大地的睡梦
一场雪　被桃花殷红
女儿幸福地分娩
在童话里诞生了　春天

春天啊
源自一场雪羞涩的低语
源自一个婴儿降临时　任性的啼哭
源自一滴雨成长之前
在风的襁褓里甜美的睡眠

源自女儿的童话
在梦里　开出的桃花

这三月的桃花啊
是春天恩赐于女儿的美
是大地奉献于春天的香艳
是女儿在香艳的夜晚
绽放的灵魂

三月的女儿
从堆满雪花的被子里
找到两只嵌着白色珍珠的发夹
她捧起这圣洁的童贞
在三月的春光里
描叙自己　属于春天的童话

5.

等风从四月吹来

风没来　春天就没有来
花儿没开　春天就没有来
四月没来　属于我的春天
就没有来

整个三月　我都在等待一场风吹来
我想我的春天
必定是从风的一个吻开始
风是春天的灵魂　也是我的灵魂

只要风来了
树叶就绿了　花儿就开了
草原就开始繁茂了
河流就开始流淌了
天空开始亲吻大地
雨　开始拥抱春天
我的灵魂
开始走入春天

难道我等的是春天吗

这不是确切的答案
春天　只是光阴的过往
经历了一场风雨
我才发现　时时拂动我心思的
原来是很早就该抵达的　一场风

在风里
我的长发和裙裾　摇曳多姿
我的桃园
一夜之间花香四溢
我亲手酿制的葡萄酒
会让风　为之沉醉
我散落一地的诗稿
也会一页一页　被风读懂

等风从四月吹来
我就开始　恋爱

6.
焰火·春天的浮士德

那么残酷的　美
在狭小而封闭的世界里
积聚的能量　突然地绽放
一瞬间
击中眼底的惊慌

黑夜　为这一刻的璀璨
抛弃了所有星光
制造和点燃焰火的人
在绝对安静的地方　流浪
危险的易燃易爆品
目中无人地粉墨登场
这是一个人的焰火

处在20米开外的最佳位置　仰视
绝对是有人精心设计的距离
看每一个瞬间　夜空绽放的花朵
春天的花朵
飘落在静静的河面
碎裂的灵魂

完美地升腾

这瞬间呈现的灵魂
突然在人间　掀起了狂澜
春天的花朵啊
春天的浮士德

7. 回到春天的雨

只有穿过严冬
你的莅临才有意义
是那些在天空盛开的花朵
回到人间的　第一份惊喜
不需要高调的华丽
只需经过的地方　留下你的痕迹
写下你的名字　雨

回到人间
回到春天
你的内心　更加辽阔
可以容纳一片汪洋
以及　绵延不绝的沧桑

回到春天
与风拥吻　在每一片叶子上延续血脉
与海相溶　在每一只小鱼的眼里储藏渴望
与灵魂对话　用自己的语言

回到春天的你　是高贵的
不只是你纯净的美
甚至包括　你的每一滴眼泪

8. 雪花儿　圣洁地飘落

浓密的夜幕
开始成为雪的背景
美丽的雪花儿
挑衅着　街角的霓虹

今夜　注定是美的
雪花儿也必须是美的
因为雪　将要覆盖的日子
属于我
据说今夜的雪
和我第一次来的那个日子　一样美
母亲痛苦而幸福地记得下雪的经过

每年每年
我都记着这个日子
也会有很多人为我记着
我开始成为春天的背景
或者是春天的一部分

此刻　零点的钟声已过

我在母亲的枕边　放上一支康乃馨
感谢她在这个日子
把我圣洁地交给了上天
并祝福着我　乘风的夙愿
像美丽的雪花儿一样
圣洁地　飘落

在人间三月
我　成为春天的花朵

9.

春天　典藏的牛仔裤

从前　我那些美丽的裙子
和夜晚的梦从无关联
昨天　风雨交加的夜晚
我梦到了衣柜里唯一的藏品
一条我至爱的牛仔裤

关于这条牛仔裤的记忆
需要慢慢地　追述

在岁月的洗涤中褪去了颜色
但却保留了本真　出人意料的干净
干净得透着青春和激情
我的渴望和我的躯体
在数不尽的光阴里
被它包裹得很温暖
它亲近我的肉体时
更亲近我的人生
它触碰我每一个细胞欢愉的呼吸
更会亲吻我身上的每一处伤痕

它朴素的品质　印证了一段
奔跑的青春
奔波的岁月
奔放的激情
印证了在它的价值观里
植入了怎样坚韧的使命
而我　是在风风雨雨里
唯一拥有它的记忆
并且　珍藏它的人

这个春天
牛仔裤在梦里蠢蠢欲动
这是我和它典藏的梦境
亿万万年的时间够不够呢
典藏萌动的青春
风雨交加的　青春
我灵魂的伴侣啊

10. 遥望春天背后的荒芜

之前　我是荒芜之中的一棵草
现在我已来到春天

我的生命复苏于一个灿烂的早晨
阳光在我的头顶　写下盟誓

风是热爱我的精灵
曾经在我扎根的地方埋下了种子

我的生长来自我的坚韧
和我对春天的渴望

我的生长也来自那片荒芜
来自荒芜深处残暴的寒冷

我的泪水早已淹没在河流冰冻之前
淹没在和一只小鱼相互拥抱着获取的一点点温暖

那只飞去南方的鸟儿
会回到四月的桃林筑巢

那些我没有来得及收藏的果实
会在下一个秋天送来大地的璀璨

所有的黑夜和白昼
都给予我蓬勃生长的力量

所有的苦难和挣扎
都是命运交响的深沉与激荡

走出冬天的荒芜时
滂沱的雨季汹涌而至　汹涌而至

我要把这一季荒芜藏在心里
而且要永远感恩它曾经守着我　所有的美丽

11.

守住春天的第一个吻

许多事物许多食物
许多动物许多植物
许多景物许多人物
涌向一年中的最后一天

为一个民俗　拉开帷幕
为一桌子食物赋予了各种吞食的仪式
像是所有的嘴唇
都在等待零点到来的钟声

我不需要时间的交替
不需要为我的年龄加重筹码
就像不需要知道这一天究竟有多么重要
不需要知道　亲情和友情
为什么都赶来这一天凑个热闹

我只等待
一个可以为我守着家的人　送来一个吻
一个在我心上燃烧的太阳
并且　我要永远守住这个太阳

守住这个在春天到达的光芒
守住爱人的第一声祝福
催开春天的玫瑰

守住岁月的河流
盘踞在心间温暖的眠床
守住青春和夜晚拂面的风
在充血的瞳孔
一年一年　澎湃着渴望

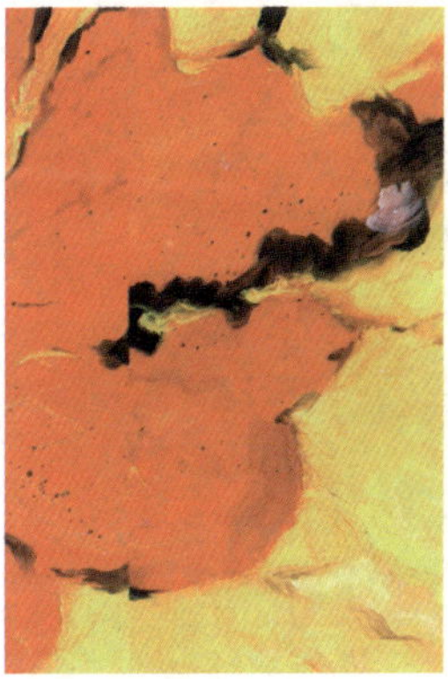

12. 想念　春天的玫瑰

春天　大地的婚床
布谷鸟演绎的经典
从南方一直流淌到北方
草原上的天空
摇落于蔚蓝的海面
澎湃不尽的狂欢　一片蔚蓝

一只小小的船
漂浮在蔚蓝的海面
载满蓝色的玫瑰
载满　春天的狂想和苏醒的心

春天的玫瑰啊
大地　不过只奉献了一缕阳光
你竟如此美艳动人
春天的玫瑰啊
你不过是万千繁华中一颗朴素的生命
为何我的心　如奔涌的波澜
倾倒在你停歇的港湾

春天的玫瑰啊
谁的手指
触碰到了你藏在蕊里的心啊
谁把你的美　酝酿成果实
蛊惑童话里色彩斑斓的流星雨

春天的玫瑰啊
我的心　已更加接近你的芒
接近一场宿命般的疼痛
那是我在你盛开着的春天
梦牵魂绕的　想念

13. 一只乌鸦用歌声挽留春天

所有的色彩
是一只被风碰翻的水彩盘
沿着河流
追逐一朵远去的桃花
向春天做最真诚的挽留
或者　留住那些走不出春天的花儿

这是一只乌鸦　在用歌声
挽留春天

乌鸦
也是热爱春天的啊
那些花儿
如果开在它的羽毛上
春天的童话　也会很美
所以　善良的乌鸦
曾经站在春天的背后
反复练习笨拙的歌喉

或许　这是春天里

最动人的歌唱
因为乌鸦在歌唱前
为了喝到一只瓶子里的水
还是花了很多心思
用了很多智慧
所以它的歌声
有些凌厉　也有些嘶哑
但诚实的话语　有神的天助
感动了匆匆蹭行的时光
才能留住　春天的美

第二辑

经过一只鱼的海……

漂洋过海

汹涌于扑面而来的风

而后　我走进了一幅画

前面是海

后面是草原……

经过一只鱼的海

JINGGUO YIZHIYU DE HAI

1. 清晨　舞蹈着的火焰

就是这些红色的花朵　叫醒了黎明
像昨夜燃烧的火焰

不息的火焰　在暮色之中
愈烧愈烈

那最耀眼的红　一定是某个人的灵魂
除了爱情　还能代表什么呢

炽烈的语言从心海开始燃烧　燃烧
将无数美妙的瞬间　着色成炫丽的霞霓

仿佛昨夜飘逸的裙裾依然在风里战栗
撩人魂魄的诱惑啊　无止无息

迸射的火花　肆意喷涌的血液
沸腾成红海上的红帆船

无法抵挡的红唇　演绎摄人魂魄之吻
吻遍了风　吻遍心上所有的河川山峦

撕扯下一块红布
包裹刚刚降临　踩着风火轮儿叱咤而来的圣婴

铺天盖地的红蝴蝶
扑闪扑闪地　在阳光里翻飞

舞蹈着的火焰　啊　拉开清晨的盛典
拣拾一秒童贞放入红色的贝壳里

红珊瑚的宫廷舞　拂弄一场桃花雨
一只丹顶鹤轻盈地飞过　红红的海滩

2. 两个人的海

海　很辽阔
海岛上只住着一对夫妻
两个人的日子就是海的日子

晴朗的天气
男人出海捕鱼
女人在家里　织网织布
他们也会一起种菜编草鞋
把采来的紫菜一盘一盘晒干
一起把小鱼放回大海
一起在沙滩上散步　追逐
男人喜欢看书
也喜欢写诗
女人　就是他诗里的萨福
日子很悠闲地过着

海上的风雨说来就来

两个人乘机宅在家里
把炉膛里的火烧得旺旺的
依偎着喝杯自酿的酒
女人微醉的时候
迷人而又性感
男人就像喝进身体里的酒
迅速地燃烧
直到把房前屋后烧得一片精光
甚至把海滩烧得红红的……

这片海像是远离人间的
从没有陌生人来过
更没见过传说中的海盗
两个人的日子很安逸
海　是他们唯一的孩子
唯一的骨肉
就这样　一天一天地　厮守着

幸福的日子
堆积成海边的礁石
夫妻俩在其中的一块礁石上做了标记——
那是两个人的盟誓

日子一天天过去
海上的日出日落照常
无止无休地重复着　重复着
重复着

大约过了几百年
一只小鱼游到这片海
在一块刻着“两个人的海”的礁石前
它竟然　泪流满面

3. 驮负一只白鹭的孤独

黎明时分
一只白鹭在滩涂上漫步
幽静的时刻
白鹭的倾诉　搅动了
寂静的滩涂

白鹭啊白鹭
凝望着水中的自己
停落成滩涂上的孤独
辽阔的滩涂
辽阔的孤独

你这只迁徙的鸟儿
一定习惯了在滩涂上漫步
你选择了命定的孤独
孤独日子里孤独地舞蹈
孤独地数着日落日出

岸边的红树林
一定是你的栖身之地

为什么不见你的伴侣啊
你还在寻觅吗
还是你的伴侣　也在远方承受着孤独

除了我
还会有谁　牵挂你的心事
想小心翼翼地靠近你的孤独
靠近你脚下的滩涂
我该感到幸福　还是残酷

白鹭啊白鹭
靠近你
我感觉到自己更加孤独
但是　暴风雨到来之前
我一定要接你飞回远方的家

但愿能把你的孤独　统统地
留给那片滩涂
留给那些滩涂鱼和互花米草
或者　就交给善意靠近你的我吧
我可以用我的翅膀
驮负起你全部的孤独

4. 记得　在那片海的晨光里

夜　连着黎明和晨光
苏醒的心
穿过开满紫荆花的小巷
翻转的日子
在不经意间　推开
涌向岸边的潮水
只留一片洁净的沙滩
让我驻足

我就像
昨夜　遗落在沙滩上的一只红色贝壳
这是亿万年前和亿万年后的我啊
在这一刻的晨光里
只有你的眼波
温暖地　收留了我

5. 经过一只鱼的海……

正午的阳光被打捞上岸
一只小鱼在网里喊出我的名字
莫非我的手指
触碰了它的泪腺
让我战栗和疼痛
就像海的波涛
淹没了欲望的城堡

该死的欲望
只是欣赏一只鱼
离开大海时的悲伤
只是看见一种挣扎　在死亡之前
凄美成泡沫一样的诗句
或者肥硕的嘴唇
反复咀嚼一只鱼的骸骨

我极力拨转时钟
精确停留在我与那只鱼的邂逅
喊出我名字的小鱼
被我仅有的一点善良　救赎

经过一只鱼 的 海……

我决不带走一朵浪花
甚至一只贝壳
我只是来看拉网的男人和女人
精心配合的一场表演

海水　终于带走了
知道我名字的那只小鱼

而后　我走进了一幅画
前面是海　后面是草原

6. 九十九只山羊若隐若现

碣石林立的小岛
像一朵睡莲
于汪洋之中若隐若现
九十九只山羊　是这花的蕊
若隐若现

星星无眠
不厌其烦地清点着熟睡的山羊
九十九只　千真万确的数字
多少年来无增无减
无人放牧无人供养

一个传说
激活了九十九只山羊
繁衍成九十九个愿望
一个藏在妈祖的手上
其余全是曼陀罗和臭婆娘的死党

岛上一口水井
只有九十九只山羊

知道这井里的水　有多么甜
也只有这口井知道
九十九只山羊
来这里喝水的准确时间

据说　这个岛上
当年住着一帮海盗
据说　每年除夕的早上
都有一只山羊　来妈祖跟前祭拜
她们都交流些什么
完全没有记载的档案
只有乱石丛中
随处可见的山羊粪便
像无数个小小谜团　若隐若现

从岛上回来至今
我脑中　一直浮现着九十九只山羊

那些山羊究竟从何而来
它们怎样恋爱
怎样保持这个神秘的数字
为什么我在梦里
每次都数到九十九只
并且　深信不疑

7. 青梅涩涩

梅园
起初是一个想象
后来　被簇拥而来的日子定义成花事
以至于逡巡的脚步
在一双草编的鞋子面前
联想出许多关于青梅的故事

抵达梅园
中间经过了　很多时间蜿蜒而成的山路
梅子对花的记忆
同时掠过　很多很多的风景

梅园深处
穿土布长裙的女孩儿
坠落于我的视线
像羞涩的青梅
像漫天飞舞的雪花

经过一只鱼 的 海……

在心尖儿凝眸成一米阳光

青梅涩涩
在水之梅
在梅园　在心上

8. 已经在心里了　却还是想念

心到底是什么
不就是血汇流而成的海洋吗
涌动的沸腾的红色的　海
埋藏着很多石头的海

心有多大的容量呢
可以装得下那么多事
那么多记忆
不就是和自己的拳头一样大吗

心　有时满满的
有时也可能　空空的

我想我的心　应该是一块石头
很重很重
一块在我的身体里扎根的石头
一块以某个人的名字命名的石头
这块石头
万分之九千九百九十九的成分　是想念
很纯很纯

假如　我是说假如
某天石头碎了
一定是我的心　碎了
一定是碎成九千九百九十九个想念　而不是别的
一定是某人用九千九百九十九朵玫瑰　收买了
而不是别的什么

始终会有一块石头藏着
唯一的一块石头
我要用生命的温度　把它孵化成想念
因为某个人　已经在心里了
却还是　想念

9. 从黎明涌动而来的波涛

黑暗中的睡眠
或许幸福
在黎明醒来的海水　开始涌动
连同远方的海岸线　一起涌动
这默默进行着的海底运动
顽固的礁石和穿梭的鱼群　不曾发觉
仿佛不曾发觉海底的沉船　早已被人打捞上岸
休眠百年的火山　即将喷涌

这涌动着的波涛
揣着沉静的心
走在松软的沙滩上
留下黎明到来时刻的脚印
留下黑夜的梦境和歌唱的石头
留下一路簇拥的花和打鱼的船只
会带走衔着一只红贝壳的白鹭吧
也会带走一只在沙滩上呼喊的小鱼
一个停留在黎明记忆中的海

这些熟悉的事物

在这个黎明　显得格外不同
而这一天的日出呢
也会很有深意
它的第一缕光　来自雨后的彩虹啊
只有这涌动的波涛
分辨得清
涌动　拼命涌动
去接近　更大的光明

第三辑

天鹅的村庄

心里住着的精灵
以最圣洁的方式　飞翔着
在一片蔚蓝之上
是宁静而悠远的辽阔……

经过一只鱼的海

JINGGUO YIZHIYU DE HAI

1. 你把手中握得满满的春天给了我

记得你的手
第一次握着我
那样的温暖好看
灵魂的诉说
流转于指缝之间
风也轻轻
云也淡淡

我们同坐一条小船
到了一个岛上
沙滩上两只红色的贝壳儿
搁浅了从前的风浪
和风浪之后的坦然

岛上只有青梅
暂时看不到竹马
只有若隐若现的羊群
看不到牧羊人
只有我们扳着手指计算的日子
和数着日子踏尘而去的风烟
你用素净的手
把一个个日子　焐暖

经过一只鱼 的 海……

我们就像是
来这岛上寻找天火的火烈鸟
燃烧全部的羽毛
还会飞回北方
你说　除了拥有一双翅膀
你两手空空
只有燃烧　才能重生

是谁带回了火种
任凭时光
被爱恋填满
夜晚被思念填满
幸福被温暖填满
日子
被日子填满
美丽
被美丽填满
未来　被未来填满
春天被春天　填满
而后统统地彻底地　燃烧
光焰照彻我的每一个夜晚
我相信
一定是你亲手点燃的

是你
把手中握得满满的春天　给了我
燃烧的春天
已然长存在我心间

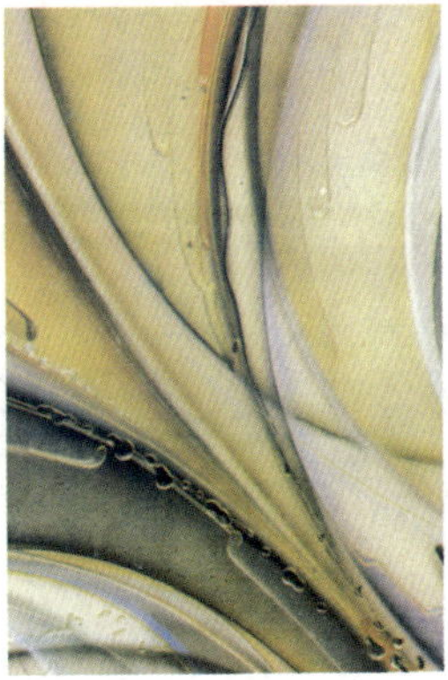

2. 一只停落在灵魂里的黑天鹅

黑天鹅啊　对于你
我比信任一只乌鸦的善良更多
因为你的美
远远胜过那些苍白的描述
一片辽阔的水域
为你勾魂摄魄的舞姿
逼退了　每一个细小的涟漪

我不敢涉足你的领地
仿佛那神秘的孤独　比我的还要深切
四月的湖水
还需要　耐心等待太阳的温暖
我也和你一样
等待着　盛夏的火热来袭

一天天长高的麦田
只是你眼中的风景吧
你用不着像乌鸦那样　善良地去冒险
那些躲在黑暗中的猎枪
被残缺的手指玩弄于股掌

只是偶尔虚晃一枪
你和那些暴力恐怖事件毫无瓜葛
也可以漠不关心
在这一片宜居的家园
你可以自由地休养生息

请放心我的忠实
已经足够　做你灵魂的伴侣
与你相亲相爱地厮守　生生世世
替你保守所有的秘密
陪伴你每一次命定的迁徙
你已永远地停落在我的灵魂里
不曾有　片刻分离

3.

透明的歌声

天使的歌唱
让清晨变得纯净
还有阳光和空气
以及夏天的一切一切

歌唱的天使啊
大地　从此开始寂静
因为你透明的歌声
稍不经意
就美得令人　心疼

4. 天鹅·蓝色探戈

忘记节奏和音乐
忘记眼眸、掌声和圣洁的玫瑰
这一刻
你唯美地呈现了
我想要的一切
蔚蓝的水域
在梦幻里　游弋

不是可以呼吸的时刻
惊艳的灵魂　在眼前乍现
谁还会选择笨拙地呼吸
致命的诱惑
比死亡　更加悬疑

玄妙和神奇
已是无法抗拒
是谁允许你闯入我的领地
涉足我的城池
是多么冒险

我不是黑暗之中　虔诚的观舞者
而是　在你的裙裾下了蛊的魔鬼
即使音乐停息
你圣洁的裙裾
依然会在我的灵魂里　兴风作浪
而我唯一的善良
只够接纳你的美丽

5. 天鹅·春天的华尔兹

天鹅的翅膀
栖落于远处的蔚蓝
春天的舞蹈
在一片粼光的湖面旋转
童话里圣洁的裙裾
拂动逝水琴音
渲染了整个春天

微澜浮动圣洁的羽毛
摇曳清风的密语
一泓春水
濯净泛泛月光

熠熠闪光的芦苇荡
是天鹅的故乡
故乡的村庄啊
迎来了　春天的盛典
彻夜不眠的灯火
拨拉舞者的倾城之美

天籁般的歌声
起于静谧
止于静谧

翩然舞动的华尔兹
托借一只天鹅的歌喉
炫耀春天的讯息

6. 天鹅的村庄

一只天鹅的美
在我眼里　高于一切美的事物

迁徙　放弃了本能的生存
在一个春天　展开飞翔
对于温暖的敬畏
远远超出自身固有的能量
一种使命般的召唤
在远方的村庄
幸福地筑巢

天鹅的回归
给整个村庄派送春天
一棵李树枝繁叶茂　花团儿簇拥着
空气里弥漫着香息
透明而且生动的村庄
只属于这只美丽的天鹅

这只天鹅　正忙着寻找最隐秘的栖身之地
像是为即将来临的同伴搭建一座新蜗居

等待的时间很漫长
漫长得足够让我有时间　幻想
我对这只天鹅的爱情
几乎是疯狂地掠夺
我渴望自己
能瞬间生出一双翅膀
在天鹅的村庄
拥有此生无悔的飞翔
倾尽我一生　所有的善良

7. 假如我是一只黑天鹅

某个清晨
我打开喉咙
歌唱的欲望
被水分割成流动的　风

黑色的羽毛
在五条河流间　舞蹈着

我的歌
流向海
或者　流向海那边
更深的海洋

8. 给春天回归的天鹅

天鹅啊
在黎明之前
我要为你的到来　祈祷
并把对春天的所有感谢
记在你名下

你没从南方飞回来之前
我的春天　停落在秋天的一茎枯草上
之后被无数个下雪的日子　覆盖
我以为我会和蚯蚓一样冬眠
或者像松鼠一样
有富足的松果过冬
我以为只有爱　能让我活着
可是　我没有

自从你飞去的背影
在我的天空　流线成思念的轨迹
我就开始断绝了食物和睡眠
或许我一直处于饥寒交迫的窘境　而全然不知
但这一次

经过一只鱼的海……

我在漫长的煎熬中
找到了维系生命的秘籍
那就是　想你

想你乘风飞翔的　美
能早早地把春天驮回
把我交给复苏的大地　并看着我焕发生机
想你用那些盛开的桃花
铺满我的眠床
想你在水中的欢舞和歌唱的红唇
想你翅膀上丰满圣洁的羽毛
守护我黑夜的梦境
想你驮回的春天
能养活我

黎明已经来临
天鹅啊
你把整个春天都给了我
我该奉献给你什么呢
唯有爱　无法言说

9. 音乐

粗犷的山风吹息大地的脸庞
永不停息的掘土机　惊醒避雨的天鹅
幻想的农庄在忙于收获
而我要穿越这场爱情的暴雨抵达黑夜
这不是我的目的　这是我的梦
今夜反复看见的死亡
突然变得清晰

像幼儿的识字课本
我学会了最简单的词汇
我匆忙填上了黎明前的答卷
生命的约会被推迟　我误入歧途
爱情使我耽搁在今夜　今夜啊
痛苦之后心脏长出了翅膀

痛苦之后心脏长出了翅膀
飞翔在天空　我挥霍自己像她挥霍的美
我动用生命的颜料涂抹童话
斑斓的王国　我的描叙充满奇诡

经过一只鱼 的 海……

自然的音乐系住天空的野马
你一定会知道　是我的目光拦住飞鸟
是你的暗中的指引
我提前交出这份答卷
是这永不兑现的承诺幻化出黑夜的献礼

不曾停息的音乐
在你到来之前　我已领悟
在黎明消失之后
神秘的葬礼在空中轻舞月光的芭蕾
你一定会知道　为爱而美的人
今夜邀你共赴远方的约会　被雨惊醒的天鹅
受伤于掘土机的轰鸣　今夜看见死亡的人
推开黑夜为你弹琴

第四辑

飞回四月的桃林

唯一的果实在桃林

这是爱的所在

践约守望的季节

抱紧的心　不离不弃……

经过一只鱼的海

JINGGUO YIZHIYU DE HAI

1. 刻在一块老墙上的情人节

一座古村落
一块老墙
一个特别的时刻
记录了一个和爱情有关的日子

这个日子不依传统民俗
完全是两颗心的旨意
也不需写进日历
只在一块老墙上默默做了标记
斑驳的墙体上
爬满了青葱的常青藤
以生命的名义
延续着每个日子的细枝蔓节
从此　无数风花雪月的日子
被演绎成一场风雨

一块写满历史和光阴故事的老墙
以最古老的方式
见证了一场爱情
并把一个特殊的日子　命名为节日

这个日子
属于两个人的盟誓
它的存在
超越了老墙本身的意义
即便某天　这墙被汹涌的海水淹没了
属于两个人的节日
依然会在这里
完好地矗立

这个日子
是一个男人和一个女人的日子
是所有所有日子中
不可复制的
它刻在两个人的生命里
灵魂的最深处

若干年后
如果可以　穿越回这个地址
那么　这个日子最真实的美丽
只有这块老墙　能真实地描叙

2.

桃花　开满某日的红舞鞋

黑夜
为梦铺满早春的桃花
是二月的桃花
借助风的手指
在某日
为一个女孩儿足上的红舞鞋
插满了粉红的桃花

桃花啊桃花
你只为一个女孩儿的梦盛放
只为一双红舞鞋的美丽　代言
只为远方一双在黑夜里
不曾眠睡的眼睛　震颤着美
你面向大海
羽化成天涯海角一块美丽的石头
你回到草原
飘落成鸿雁驮向远方的信笺

桃花啊桃花
你就是在梦里守候的天使吧

为一个渴望跳舞的女孩儿
悄悄摆好一双红舞鞋
用你虔诚的手

就在昨天
我拥有了　一双属于自己的红舞鞋
从此有了想跳舞的　小小愿望
从此　感恩风
让灿烂的桃花　开满我的红舞鞋
开满　二月的青青山冈

3. 一座桃林的秘密

我是偷偷闯入这片桃林的
那时还是冬天
桃林就在很多人经过的地方
没有锁的门很古旧
一垛墙上刻着谜一样的数字
那数字正是某个日子
被我默默记在了手心里

那天　桃林下着雪
像一树一树的桃花盛开了
我想　这场雪一定和风有关
也会和风带来的雨有关
或者和墙上的数字有关
因为这场雪　的确很美很美
就像这片桃林一样美
像风和雨缠绵之后　一地圣洁的花絮

夜晚的桃林
更加圣洁而静谧
闭上眼睛

经过一只鱼 的 海……

是的　闭上眼睛吧
让每一个细胞都沉醉其中
让天地和桃林一起旋转
让灵魂在炫目的震颤中
像休眠已久的火山
喷发汩汩岩浆
继而成为扶护桃林的花泥

这是生命瞬间的怒放啊
一场风雪
一地花雨

我看见四月的桃花
在打开花蕊的瞬间
幸福地用我写在掌心的日子
解开　一座桃林的秘密

4. 聆听一座农场的春天

四月
正是农场播种的时节
明媚的阳光
在土地上忙碌着
我随手抓一把放在口袋里
做个纪念
证明我来农场的这一天
阳光如此灿烂

一路经过花市
每一朵花都开得分外热情
它们或许知道
我此行是友好访问

恰巧迎面走来帅气的农场主
我在门口的指示牌上
已经基本了解　农场的相关信息
和他传奇的身份
心想如果爱上他该多么幸福
他担心我会在这里迷路

详细地告诉我农场格局和行走路线
我说我会记得按原路回去
可我多么希望
能在这里多一秒　驻足

农场好开阔
感觉每一粒种子
都会在泥土里　长出美丽的故事
我多么渴望
自己是这里的一粒种子　或者
是开在路旁嫣红的桃花
在每年的今天
都这样　花开荼蘼

5.

回到母亲的桃林

三月　母亲用温暖的目光
铺好回家的路

母亲就安坐在桃林中
桃花还没有盛开

桃林的阳光是温暖的
和母亲手里的针线一样温暖

母亲在绣一块手帕
手帕上开满了桃花

我那眼已昏花的老母亲
像少女一样　绣着朵朵桃花

她柔美的笑容　在嘴角荡漾着
想必是在怀念幸福的初恋

一座桃林
一年一年收藏着母亲的心愿

一块手帕
一天一天包裹着母亲的祈盼

我看到手帕上的一角
绣着　给桃花一样美的女儿

刹那间桃林满园芬芳
我和母亲　就依偎在芬芳的中央

6. 和我一起穿越的高跟鞋

穿第一双高跟鞋的时候
学校里的男生　屁颠儿屁颠儿地
追在后面看
那时不怕崴脚
也不怕“流言”
学姐姐们的样子
走过了童年

上大学的时候
在学校的体育队里疯
每天在赛场上
争分夺秒
几乎都是奔跑的时间
澎湃的青春
美得自然　而且简单

再后来
用不着辛苦赶路
穿高跟鞋的时间　变得非常平淡
偶尔会顾及服饰的搭配

和穿着的场合
没注意过　会有谁多看我两眼

某天夜里
一个男孩儿非常大胆
对我说　你穿高跟鞋很美
但是　美得令我惊心
还说　何时我能够送一双呵

那一瞬
我突然没站稳
穿越到一个从前没来过的好所在
好大一片桃园啊
我手里拎着一双粉红色的高跟鞋
拉着那个男孩儿的衣角
屁颠儿屁颠儿地
跟在他后面跑

7. 飞回四月的桃林

四月　大地开始繁忙
四月的桃林
在清清的溪水上飘荡
一弯碧绿
一弯桃红
为四月的风鸟
酿好了琼浆

赶在四月飞回的风鸟
在桃林里筑巢
蓄谋已久的所在
与芳馥的时空融为一体
炫耀着桃林的光彩
家的光彩

飞回四月的桃林
安放一双翅膀
风的翅膀和雨的翅膀
在一场风雨里　说出
从南方向北方飞翔的秘密

而在四月飞回桃林的风鸟啊
把疲惫的日子
一个个插满桃花
或是　在清晨歌唱
或是　在夜晚低语

8. 母亲的缝纫小屋

在春天
女儿爱的眠床
诞生于母亲缝纫的小屋

从前　母亲就坐在那台擦得锃亮的缝纫机旁
慈爱地为女儿
缝制夏天的裙子和过年的衣裳
缝制她和父亲　丝绸一样的爱情
她散落在鬓角的发丝
停落着早春的蝴蝶
被风吹着　一荡一荡

光阴　像母亲藏在箱子里的碎花布
一叠一叠　准备着为女儿出嫁时装饰婚床
女儿的爱就是这样
在母亲的缝纫小屋
一直一直　珍藏

女儿的童话
在风里日夜兼程

采撷一朵云和一片雪花
在一只蒲公英的小伞里　展开飞翔
在青春的山冈
一年一年
储满　太阳的光芒

直到这个春天
殷红的桃花　开满了那块乳白色的床单
女儿圣洁地坐在小屋里
学着母亲的样子　缝纫着
藏在心底的　熟稔的爱情

9. 祭奠　一株疼痛的桃花

过于残酷的美
会让心感觉到疼痛

这个春天
我只是迟来了一步
你匍匐在地的瞬间
我看到了　你身上的伤口
和你身后的春天

幸好　你笑得那么灿烂
仿佛告诉我那点伤算不得什么
不过是盛放的花
压折了　一些枝枝杈杈
可是我的心和骨头
还是感觉到很疼
在心里　隐隐地疼

你的美
彻底剥夺了我以前的生命
此后　我要为你复活

你也该一样
我的命　都给你了
你更要好好地　活着
为我们共同的新生

我会在你的桃林　停住脚步
不去扮演一个葬花的女子
怜爱你痛失的光阴
我要舔舐并包扎好你的伤口
让你在春天里　重新亮展歌喉

如果要祭奠
我可以灿烂成　你枝头的一朵桃花吗
那么　我还有什么可哀伤的呢
再残酷的美　莫过于
这个春天
我突然　爱上了疼痛的你

10.

把今夜的月光给你

今夜　月光如水
乘一叶轻舟　来你的渡口

这夜的甜蜜
定是雏菊精心的设计
抑或是善良的蜜蜂
被诱惑　突然无家可归

繁茂的月桂树啊
谁在树下啜饮桂花酒
谁的歌声
在月光里游弋

月光啊　白色的月光
纯洁如你
　　甜蜜如你
　　　　明亮如你
　　　　　　温暖如你

我来　只为你在
只为能将这满满的月光
亲手交给你
只为看到你甜蜜地笑
并且　在这月光里

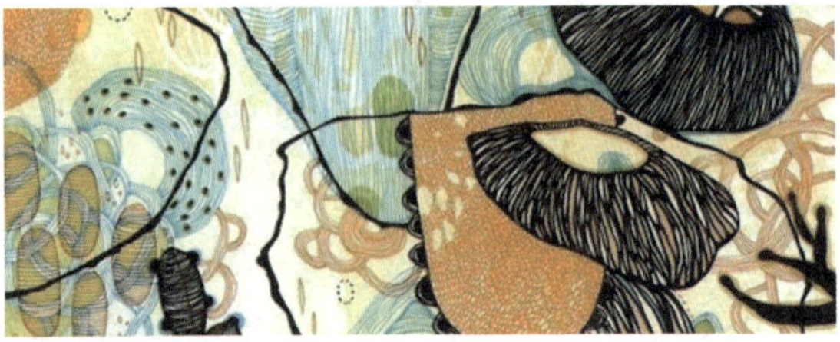

第五辑

风雨之夜　雨犹缠绵

依恋而缠绵

幽谧深处的风景

诠释一场风雨长夜的信誓

更深的密语

穿越心底更深的呼吸……

经过一只鱼的海

JINGGUO YIZHIYU DE HAI

1.

心疼的夜啊

只看见风
在窗外徘徊
只听见雨
在椰子树上敲打着黑黑的夜
只梦见海
在辽阔的黑暗里哭泣

这风雨交加的夜晚
海是什么颜色呢
在这夜里
缠绵不尽的风雨
又如何划分
梦与现实的距离呢
没有人　能够告诉我
我只能
等着黑夜　慢慢过去

我是命定的守夜人
守着命定的黑暗
我的心

经过一只鱼 的 海……

早已沉入这漆黑的洞穴
触碰到黑夜的心脏　和它的骨头
是的　我触碰到了
黑夜最深的　伤口
我的神经
瞬间感觉到了　疼
心　也开始疼

这疼　不是生理上的知觉
是不见流血的内伤啊
这夜　也和我一样
到处　都是伤

比如雨来之前
一道闪电刺伤了眼睛
比如海上的风
铺天盖地
把浪花抛向礁石　或远天
再比如
一朵盛放的三角梅
被一只蜜蜂　蜇饮了花蜜
再再比如
梦中流淌的泪水
顷刻间淹没了　家徒四壁的老屋

而最终

黑夜忘记了疼
因为　有的人更疼
比如我和你
倔强地　拒绝麻醉
只用思念
包扎破碎的心

心疼的夜啊
好深……
好疼……

2.

当我来到这黑夜

当我来到这黑夜
你可以用最隐秘的方式　接纳我
放弃语言
只用手　倾诉所有的温暖

左手抚摸着月亮
这颗离我最近的星辰
给了我光亮
是的　我就坐在树下借着那点光亮读书
习惯了用右手写字
尽量把语言写得漂亮一些　给你
其实那是我的慌乱
我想你不会　只当是随性的手稿

当我来到这黑夜
我看到一茎越过冬天的小草
在召唤我
它让我看到了自己的灵魂　在黑夜里舞蹈着
让我看到远处阑珊的灯火
自由的空气和睡眠中的水

以及　一直默默陪伴着我的你

黑夜的歌声依旧苍茫
我已经放弃了所有的恐惧
放弃疲惫的行囊
和贫乏的语言
甚至放弃躯壳般的肉体
和苍白无力的呼吸
只靠我的灵魂　来到这更黑的黑夜

我要走过很长很长的梦
才能抵达　有你的晨曦

3.

一茎小草在夜风中摇曳

挨过冬天的荒芜
摇曳在夜风中的舞姿
过于孤独
就在我经过的路口招摇
一茎小草的春天
在夜风中　招摇

比北更北的北方
比黑更黑的黑夜
比孤独更孤独的小草啊
在阑珊的夜色里
我要守住　你的密语

只有你读懂了
我写在大地上的语言和温暖
一茎平凡的小草啊
你该属于草原的
却在城市的边缘流浪
你摇曳的孤独
和我落在墙上的影子

那么相像
当所有的荒芜
匍匐于脚下的泥土
是不是我们　都可以
不被春天遗忘

不用担心肆虐的践踏
和剪割机痛下黑手
你已复苏于我的春天
蓬勃于我的生命
根植于我的灵魂
我要以我的善良
守望你固有的光芒

远处绚烂的霓虹里
有我的房子
而我却想在心里　给你一个家
让你的梦想
在我青葱的时空里
岁岁繁华

4.
莅临灵魂的每一个村庄

叛逃　叛逃
第一时间叛逃　任性的公主

泪眼婆娑的公主
一整天都在为心爱的人儿流泪

奢华的城堡
容纳不下爱情的童话

趁着父王还在宫殿里宴请宾客
母后在一群风骚的贵妇人面前周旋

美丽的公主踮起脚尖儿　双手挽住长裙
穿过后花园直奔停在门口的马车

这是一次蓄谋已久的冒险
因为心爱的人儿在耳边轻轻呼唤

扔掉蓝宝石项链和舞会面具
只攥着红色的高跟鞋和母亲的一对银手镯

狂跳的心脏　沸腾的血液
战栗着奔跑着　不肯有片刻停歇

黑夜　击退了所有的追兵
把疲惫的公主揽入怀中

公主甜美的睡梦　信马由缰
夜风吻着她脸颊的泪珠

信马由缰　信马由缰
夜无限倍的漫长　漫漫长长

载着美丽的公主
穿越了浓密的森林和草地　沙漠和湖泊

穿越开满玫瑰的花园
和草原上钴蓝色的星空

穿越隐匿于深谷里无数未名的好所在
莅临灵魂的每一个村庄

骄傲可人的公主啊
天亮之前　你的马车停在了海边

美好的晨光里一地狼藉

娇美的公主　像美人鱼一样醒来

用午夜盛开的玫瑰　接住
来自灵魂深处的第一滴甘露

你又将沉入爱之海欢快地畅游
亲吻爱侣的每一片鳞甲　亲吻他的战袍

再一同沉入深海
在红珊瑚的丛林尽情狂欢

放浪于爱的时光隧道
采撷芬芳的果实

在灵魂的每一个村庄
铺好　爱的眠床

5. 昨夜的寂寞　我已走过

月亮圆缺与否
和嫦娥有什么关系呢
这个离人间最近的星座
我只看到它的黑夜
和黑夜里守在树下的嫦娥

春天也会光临
那棵春天的花树
也会枝繁叶茂
只是每一片叶子每一个花朵
都是繁茂的寂寞
只有寂寞的嫦娥　夜夜守着

我想　今晚的嫦娥
一定会更加寂寞
再多的焰火　再美的霓虹
也暖不到广寒宫的寂寞
夜夜夜夜的寂寞

如果今夜的孔明灯

可以　一直一直飞向
海上升起的一轮圆月
就请永远挂在那棵月桂树上吧

用人间的烟火
再炼一颗仙丹
托天上的风
捎给那个叫后羿的男人

爱的灵药从此脱销
因为世上仅此一颗
那是嫦娥沥尽心血炼成的啊

我来到这世上的那天
手心里清晰地刻着
昨夜的寂寞　我已走过

6. 终于回到黎明

碎片式的梦
被一颗星辰唤醒
没错　是一颗星辰唤醒了我的梦
这轻柔的呼唤
将我　引向黎明

起初　我在黎明的前方
梦也宁静
和阳光　只隔着一个黎明
甚至可以说
我离天空更近

而我的翅膀呢
都已被风展开想象的毛孔
无论哪一片羽毛
都有飞翔的可能

但是　我选择行走的愿望更加坚定
因为黎明更接近地平线
接近大地的心脏

经过一只鱼 的 海……

我需要这个真实的过程
接近大地心脏的过程
这个过程通达我内心的路径
也贯穿了　我整个人生

黎明　不只是泊在天幕的晨光和鸟儿的歌唱
有风送来远方的邀请
我美丽的双脚一尘不染
我的翅膀
被一颗最高的星辰抖动
一个声音告诉我　飞向黎明

终于我回到了黎明
一切　即将发生

7. 看见光亮

巨大的黑暗
被锁进洞穴深处
蔓延在空气中的　是远处狼群的哀嚎
恐惧　在摸索中
四处碰壁

洞穴　宿命般地掩藏了太多秘密
如同它的存在
总是　像伤口一样
无法在岁月里愈合

岁月就是一道伤口
只是　它从不说疼

黑暗之中
看不到流血的伤口
有人大喊一声
惊飞了数不清的蝙蝠
勇敢的蝙蝠

经过一只鱼 的 海……

暗流涌动
有人在争抢　金子和船只
有人却优雅地　点燃手中的半截蜡烛
我看见了
我和你　就在这光亮的出处

8. 为你守住今夜的忠贞

今夜　从你眼眸的清澈里
我看到了自己的忠贞
你如圣洁的白玫瑰
淡淡的香息
飘绕在月光里
飘绕在星河的深处

皎洁的月光　与你
一同在我的梦里　翩翩起舞
你醉人的微笑令我心旌荡漾
这一刻
我看了我自己
更接近你的美
接近　你的圣洁和忠贞

你像天使一样
在圣洁的月光里飞翔
我就是月光里
拼力伸展枝丫的那棵红柳树
我要　为你的美丽遮风挡雨

更要为你　风雨兼程

我可以奋不顾身　是的
可以为你的美　奋不顾身

我知道　今夜的你
是神的指引
我要守住今夜的月光
如同　为你守住今夜的忠贞

9. 夜　是属于我的

夜　来临之前
我都拥有什么呢
除了梦

我只是万千蝴蝶中的一只
以自己的方式　美丽地飞
我的翅膀
驮负一个自由的国度
可以容纳我的灵魂
幸福或者忧伤

一把小提琴
如何能演绎我的爱情
化蛹成蝶的虔诚
早已注定了　飞翔的可能

梦是夜的故事
包括梦里发生的所有事情

夜　是属于我的

尽情放纵于对黑暗的恐惧
风雨的砥砺
让睁大的眼睛
看清远处的风景

蝴蝶向更远处的火把
煽动翅膀
或者　在爱中死亡
或者　在爱中重生

10.

和羊有关的一夜

昨夜　梦始终没来
我躺在山坡上看星星
一群羊在我身边游荡

游荡的羊群
把梦　变得更加荒凉

我一只一只地数
做着小孩子的游戏
单纯地以为
走上祭坛的　不是眼前这些待宰的羔羊
不是我漫长的等待中
这些美丽的生命

我开始讨厌
那个编造“狼来了”的孩子
他的谎言
被标榜成了经典
而他的羊呢
究竟变成了谁的美味

又有谁在他的谎言背后　推杯换盏

看见一只小羊羔
幸福地跪乳
我开始想念母亲哼唱的《摇篮曲》
想念牧羊人手中的皮鞭
轻轻地
轻轻地敲打我的梦境
然而　我始终不知自己
究竟是在梦里　还是梦外

直到天亮
空谷没有回音
那些羊儿　去哪儿了呢
是谁　放逐了羊儿的灵魂

只见
一群白鸽
从天空　飞起

11.

平安夜

这一夜
雪已经在路上
谁还在等　鲜花或者什么礼物
只要有一双红色的袜子手套
和一顶红色的帽子
该多么幸福

幸福的王子和公主　在教堂
为一个童话撩开面纱
为一顶花冠
在冬夜找到安放的地点

不要奢求什么
雪和钻石　一样圣洁
还有　我的心

我一直走在童话的边缘
读懂了　比童话更真实的童话

我也可以

经过一只鱼 的 海……

成为一个白天砍柴
夜晚做梦的人
或者是在黑暗中跳舞
可是今夜
不想赶路
我要静静地　守候
钟声　由远而近

12. 把我的时间都给你

我在想
时间是什么呢
是生命的长度吧
是我们在尘世唯一拥有的　宝贝

是血液里流淌的青春
黑夜与白昼交织的缠绵
花朵亲吻果实的冲动
是一秒一秒叠加起来的思念
心跳和呼吸
以及在额头爬行的皱纹
飘落发间的雪花

是公园长凳上发呆的样子
外出回来匆忙打开的电脑
是邮差迟迟送来的情信

是用钥匙打开一把精美的锁
和睡觉前一定会说的　晚安

经过一只鱼 的 海……

是由远而近的脚步
和越来越长的思念

这思念的长度　就是时间
是我的一生
都给你

13. 有雨的夜　是幸福的

雨是精灵
渴望在夜的怀抱里　做着梦
夜是温暖的
夜也是幸福的
有雨的夜
就有无数温暖的情话

夜　把雨的全部秘密
拥入自己怀里
似乎是很久以前
就等待　这一场淋漓尽致的爱情

雨的来临
是宿命般的入侵
夜　忘记了月亮和星星
忘记了有些花儿
开始凋零
忘记了　所有碎落的过去
但　夜是幸福的
幸福的全部　就是

经过一只鱼 的 海……

这一次　雨终于落在了自己心里

雨　注定是幸福的
积蓄了那么久的思念
终于在夜的面前　化成泪滴
幸福的泪滴啊
占据了　夜的全部

14.

等雾散去

雾　湮没了整个城市
包括道路　和最高的建筑
它存在的价值
仿佛是要证明　曾经下过几点雨

我在城市的公园
看到一朵睡莲　开得很美
昨夜　或许它在我的睡眠里来过
那笑容
自然而且熟悉

我只相信
一朵睡莲的美丽
绝不会被这迷雾　魅惑
更不会　被随便哪来的石子击中
我能听出
歌声　源自一个美妙的来处

雾　就是缥缈的东西
等雾散去
太阳一定会照常升起
我要在太阳之前　赶路

15. 昨夜你来过我的梦

每天都说　晚安
也一定会说　亲爱的，梦里见

其实那些夜晚
一直　难以入眠
难以想象的孤独
总是在相思的纠缠中
数着夜的慢
日子的慢
时光的慢

可是昨夜的梦里
却留下了你的吻痕
你的呼吸
和你的味道
我还听见
你轻声呼唤着我的名字——雨啊雨啊
并且　我还看见
你把红舞鞋放在我的手掌心
看到你凝望着熟睡的我
眼眸里　荡漾的爱恋和善良
看到青苔斑驳的墙上

你我相拥的景象
这真实的夜啊
把爱情的城墙　垒砌得坚如磐石
把灵魂与肉体的战栗
叠加成　圣坛的回音壁
我们就伫立在这圣坛的一隅
听一场风雨
在梦里　欢唱

我只要记住　这梦的地址
并且每时每刻　在这里
幸福地　等你

16.

风雨之夜　雨犹缠绵

风　把阳光推入黑夜
为雨的到来清场
春天　索性的顺水人情
送得格外漂亮
除了紫丁香
还有睡在莲下的鱼
都在肆意渲染着甜蜜

风和雨的盛典
绝对是春夜上演的一场大戏
阁楼上摇曳的烛火
封杀了　所有星星的密语
风雨交加的夜晚
梦魇也会失眠啊
堤坝　随时可能塌陷
修雨伞的手艺人
若有所思地坐在藤椅上等生意

今夜的风雨
把缠绵演绎得淋漓尽致
也不失回肠荡气
万籁俱寂　万籁俱寂

只听一场缠绵的风雨

风萧萧兮
雨犹缠绵

黎明之前
风心疼雨的慌乱
温柔地　将雨藏进黑色的河流
而后化作一只黑天鹅
在紫丁香树下　静静地守候
远在远处的桃花
和果实一起　充满感激

17.
换一滴落在紫丁香树上的雨

午夜的紫丁香
花开荼蘼

落在丁香树上的雨啊
盈盈的　满是沁人心扉的香息
像女儿脸颊上滑落的泪滴　柔情蜜意
像紫水晶一样透明的心
裹藏着灵魂的秘密
轻轻啜饮　紫丁香一样迷人的雨
就会醉倒在花雨缤纷的梦里

今夜　我要远离死亡的追逼
用一万年的青春
换一滴　落在紫丁香树上的雨

18. 昨夜雨来过

春天　委实来得晚一些
漫长严寒里的树啊
刚要发芽儿
我和树一样
疯狂地渴望　属于我的雨
真正莅临我的村庄
一天天　盼望着它能够早早到来
而且随时随地　说来就来
来了就不要走
或者　我干脆把它藏起来
时时和它在一起
就像春天
每时每刻都需要　雨的滋润

昨夜
不知为什么睡得很沉
雨来了　悄无声息
可能那时
我正在桃林游荡
错过了告白的绝佳时机
渴望已久的缠绵
被关进我的黑夜里

经过一只鱼 的 海……

清晨打开窗子
雨在一朵桃花上微笑
它留在我唇上的泪滴
滂沱成我再也走不出的　雨季

第六辑

我在梦的边缘写字

眼泪和微笑

是自由的空气

我都喜欢

描述和梦有关的事情

可以　越来越生动……

经过一只鱼的海

JINGGUO YIZHIYU DE HAI

1.

那不是梦　那是我的飞翔

此时　我躺在床上
透过明净的窗子
可以看到远处的晨光　楼群
和一块蔚蓝色的天空
窗子的面积
正好容纳了这块天空
我此时唯一想做的事情
就是静静地　凝视着这块难得一见的蔚蓝

一群白鸽忽地飞过来
又忽地飞过去
不停地变换着队形
它们保持着同样优雅的姿势　飞翔
在一片蔚蓝之上

那些在天空飞翔的翅膀啊
像蔚蓝色海面上　圣洁的翅膀
煽动着我的渴望
对自由的追逐
就像我对那一片海的　景仰

我更渴望拥有一双翅膀
可以翱翔到我日夜向往的地方

草原和大海
都是我的原乡
都是我命定的方向
因为　我源自一朵雨做的云
一朵被风吹上天空的云
一滴在云端做着梦的雨
云就是雨的翅膀
雨就是风中的力量

一只鸽子飞过来　用翅膀托起我
这不是梦
原来我也在云端之上

我看见一群白鸽在蔚蓝色的天空　歌唱
那不是梦啊　那正是我的飞翔

2. 我在梦的边缘写字

今夜　绝口不提爱
因为梦始终没来
黑暗被两只眼睛洞穿
月光的温度　无法让血液沸腾
这一夜的冰冷
绝对胜过天寒地冻

踌躇的黎明
依然打不开梦境
只能眼巴巴地
在一张白纸上翻晒着心情
夜的黑出卖了最亮的星辰
星辰也走不进我的梦境
多么寒冷的夜啊
用黑色的叶子
包裹战栗的体温
那个人　就是我

梦依旧是空白的
大片大片的空白

经过一只鱼 的 海……

我还能做什么呢
除了想念

为了这一点看不见的温暖
我在梦的边缘　写着字

空白的依旧是梦
大片大片的　空白
为了能够看见一点点温暖
我依旧在梦的边缘　写字

3.
战争
——观世界杯点球大战

门　若有若无
一个人站在那里
就是国家
它面前常常是二十四个人围攻
操纵两个国家战争的胜负
二十四个人
把无数个 24 小时
撕扯得　支离破碎

90+30 分钟的狂轰滥炸
几乎弹尽粮绝
门依然固若金汤
离胜利更接近的
是五个人脚下的　五颗皮球

五颗皮球的距离
决定一场战争的胜利
一夫当关万夫莫开
只是个神话
踢皮球的人和接皮球的人

眼里充满敌意
他们互为靶子
五颗皮球的命运
就是门的命运
就是一个国家的命运
过程简单而揪心

胜利就是残酷
断壁残垣处
像是在圆明园的门前
有人倚门叹息
有人叩首顿足

4. 圣境

——记阿根廷队与荷兰队的一场比赛

蓝色的河流一泻千里
这来自天上的圣水
一定是被黑精灵
压上了全部的　赌注
它在草地上奔跑如风

风车转动
风车转动

门前的郁金香
看似很茂盛
但那橙色的诱惑
却阻挡不了　河流的方向

雨中　最美的风景
离彩虹最近
离圣境更近

河流之上
飘荡郁金香的芬芳

5. 梅西·光芒

——给阿根廷队与德国队决赛中的梅西

战争结束了
人们跳上装甲车狂欢
你与装甲车擦肩而过
孤单的背影
凝结了夏日的淡淡悲情

我不知道
该怎么安慰悲伤的你
或许　我根本没不在乎
这是胜利者的胜利
但我知道
你是多么渴望拥有

我好自责
因为凌晨　我被一个梦收买
才没来得及赶上出征的你
原本是要把那个十字架挂在你胸前的
可是我却没来得及　追上
奔跑的你

其实　根本没有什么魔咒
只是你没有追上　一颗皮球
是的　只是一颗皮球
一颗被装甲车　碾碎的皮球

在我心里
你是天使一样的小孩
在圣境里奔跑的天使

天使是不流泪的
相信没有什么
可以替代　你的圣洁和美好

一个人的国度
你就是王
热爱你
不因为你的光芒
而是你在　光芒之上

6. 给巴西

清晨四点
众目睽睽之下
日耳曼战车　碾过盛夏的绿茵
也碾碎了贫民窟孩子手中的冰激凌

谁来安慰哭泣的小孩
以及被泪水打湿的桑巴裙

时间与古老的神庙　互相拥抱
滂沱的泪水
为信仰加冕
收好那些泪水
去浇灌刚刚被摧残的草地
回家的路上
依然开满鲜花
梦　有一个就足够
尊严　有一点点就足够

7. 凤凰古城的传说

历史　总是太过久远
古老的城池
被一场雨　淹没

晾晒的谷和刚采下的茶
在寥落的屋顶上　和星星混合着
檐角的红灯笼
熄灭了所有的　呓语和鼾声
人们挑灯划着木船
寻找　一个诗人丢下的一双鞋子

关于城外的那座桥
是怎么被冲毁的
造桥的工匠们说法不一
白天在水里打麻将的美女们　嬉笑着
只有父亲　一直沉默不语
我抱着母亲的纺车
等水　慢慢退去

黑暗中

只有等待　是幸福的
就像我的父亲母亲
一直在这里等待　等待
若干年以后变成传说

而我　相信这座城
只属于我的父亲母亲
他们讲的关于凤凰的故事
只有我　听过

8. 关于这场雨　关于那场雨

很久没有听天气预报了
关于这场雨
什么时间到达
一直没有接到特快专递
可能是民航延误
也可能是交通堵塞
总之　这场雨来得很突兀

不是什么双休日
燕子带着崽崽们
蹲在窝里吃着烤肉
一群黑蚂蚁躲在树洞里搓麻将
而我　手里提着雨靴
撑着一把塑料雨伞
走在老街的石板路上
我就想赤着脚　一直一直
走回故乡那个老屋

隔着那个栅栏
看到母亲在灶房里准备一家人的晚餐

看到父亲在玻璃后面
向窗外张望的面庞
下雨的时候
母亲会提前备好柴火
父亲会在马厩里多添些草料
给两匹栗色的小马
小马是幸福的
下雨的时候
它们不用去田里劳作
撒欢儿的样子很像我哥哥

下雨的时候
乡村的学校也会临时放假
而在没下雨之前
姐姐就会背着我跑回家
那时我只有四岁多
我也是幸福的

关于这场雨
勾起我很多幸福的回忆
我现在坐在电脑旁
想一遍遍复制过去
可是啊　怎么也复制不出当年那场雨
那道彩虹之前的　雨

9. 我想要的彩虹

暴风雨和我的房子
只是一片玻璃的距离

一扇随时可能打开或关上的窗子
以玻璃的名义存在着
让我在孤独的空间里　听到了
雨点砸碎泥土时的肆无忌惮和疯狂
雨和泥土混合的瞬间
已经没有了纯净的意义

蹲在枯树下躲雨的牧羊人
用手中弯曲的树枝
描绘着彩虹
我以为
他更需要一壶烈酒
或者一件皮袄
温暖他孱弱的身体
他不知道　妻子为他准备的晚餐
已被饥肠辘辘的孩子们
洗劫一空

摆在窗外的盆栽
和在园子里生长的植物
下雨的时候
它们都很习惯聆听
聆听这雨水
和园丁平日里喷洒的水　有什么不同
我请教过一位园丁
他说　最好别移花接木
也不要过于殷勤
比如仙人掌
即使用心浇灌
也终身是刺

这场雨
是很多很多事物和自然的战争
胜利的只是时间
以及被时间涂抹的　白天和夜晚

雨后
采蘑菇的小姑娘　会来么
她飘来飘去的花裙子
是我想要的　彩虹

10. 一群羊游走于城市的忧伤

城市里
早已没有了放牧的草场
牧羊人的羊皮鞭子
在博物馆的橱窗里
被优雅地包装成“文化”

羊群和城市的距离
或是在琴弦上
或是在餐桌上
或是在美术馆　装饰考究的墙上

而今天
一群羊忽然出现在城市干净的街道上
看得出不过是走走过场
两手空空的牧羊人
显得格外慌张
他怎么也不适应　手工制作的蒙古靴
踩在寸草不生的柏油路上
他更心疼自己的羊群
从哪个出口　能快点儿回到自己的草场

经过一只鱼 的 海……

还能看见
很多红色的羊
在楼房的玻璃窗上
摆着各种姿势　欢唱
而牧羊人　正追逐着羊群
游走于城市的忧伤

11. 仰望红月亮

我身处哪里
并不重要

接近黑夜
才看见　天空正在燃烧
善良的嫦娥忙于炼丹

而这个夜晚
高调的红月亮　粉墨登场
惊羡黑夜炙烤的瞬间
像来自异域的新娘
神秘而美
这一切
像是发生在红磨坊的　一场宿醉
其实　是红月亮蓄谋已久的夜宴

倾倒的酒杯和流浪的艺人
在一片温暖的落叶上
展开睡眠
整个世界的梦

已被红色的葡萄酒　醉透

秋天的童话
涂满了红月亮羞怯的面颊
像熟透的苹果
舍不得采摘

母亲滴血的乳房啊
滋育了红月亮
以及　我的思想

这瞬间　我只能仰望
直到瞳孔充血
我手中的油彩盘
盛满红色的河流
红红的月亮　倒映其中

12. 这个日子
——写在儿子的诞生日

等待　多么漫长
痛苦和幸福挣扎的伤口
等待黑暗过后缝合

一个手术台突然遭遇停电
意味着什么
至今找不出答案

血液　在黑暗中承诺了一切
一个生命　从我身上走向光明

我记着这个日子
记着你的故事　从这里开始

13.

活着　你是我的骨肉啊

我的孩子
你一定要相信　你是我的骨肉
倾尽了我全部的荣耀与感动
这是世上最美的语言
我用尽所有的力气　告诉你
你是我的骨肉啊

你是我用尽毕生的心血等来的　天使
走过我黑夜的寂静　和寂静的欢喜
走过我沉重的记忆和记忆的堆积
走过我幸福的阵痛和阵痛之后的华丽
以后　还将和我一起走过迷惘和忧伤
和我一起走过漫长的漫长　远方的远方

你是我的骨肉啊
必定也是我的血脉
你已筑入我生命的内核　乃至灵魂
是我活着的全部希望和力量
假如有一天在与命运的交锋中
我不幸粉身碎骨

你也必定会因我前世的祈福而永久地存活
为我爱你的这份纯粹而活
为我爱你的这份深沉而活
为我爱你的这份神圣而活
而我　有了你
就成了世界上最幸运的人啊

我们都要活着
永远　完美无缺地活着
要知道　一定要知道
你就是灵魂里的那个我啊
我要和你一起　骄傲幸福地活着
和你一起回到青葱的山冈
并在你走过的路上
深吻你脚下的大地
和你印在大地上的　芬芳

14. 那些雪啊

那些雪
昨天夜里偷偷跑来了
堆满了我的梦　和我的屋顶
白白的屋顶
像切好的蛋糕
一颗早晨的太阳
灿烂成蛋糕上的红樱桃

我的孩子踏雪而归
像我在梦里堆的小雪人儿
那些雪啊
今天要回到我的房子里
我的孩子——诗诺（snow）
在纯洁的早晨　歌唱

那些雪啊
也是我的孩子
不经我的允许
偷偷跑到我梦里
在我的世界铺天盖地

奔跑着嬉闹着
唱着歌儿
撒着欢儿

落在睫毛上的叫美丽
贴在头发上的叫幸福
藏在心里的叫善良
躲在掌心的叫温暖
赖在梦里的叫思念
还有好多好多没有名字的
我统统叫他们　雪（snow）

15. 幻象 · 和一棵树的爱情

任性地　选择了这片土地
香气四溢的深处
一颗种子的童贞
萌发无限的想象力
向四方伸展着　伸展着

阳光、水和空气
是被光阴掠夺的财富
在你拼力奋争的那些时日
早已有无数双手
伸进羊皮缝制的钱袋
沙漠的风
不过是一个善良的傀儡　或者帮凶
它们在你的周遭
扮演成同甘共苦患难与共的兄弟
而你　总是幸福地等待
再度来临的春天

那些在你的枝杈上
编织巢臼的鸟儿　幸福地歌唱着

哪怕是风雨飘摇

白昼和黑夜
被分割成二十四小时的浪漫
你闪烁着翡翠光芒的叶片
折射出看似唯美的爱情

月光粼粼
抚摸你沧桑的脊背
斑驳的伤口和褶皱
泪水蜿蜒成的河流
在梦魇
寻着脉络的方向
滋润与年轮有关的故事
而我决不　从被定格的姿势里
解读你渐入绝望的吟唱
我相信　爱的纯粹

爱的纯粹
以生命固有的善良
在某个透明的空间里　和你四目相望
没有摇曳烛光的红酒
没有玫瑰花园和草莓蛋糕
你的平凡
让我懂得
这一切都不容亵渎

经过一只鱼 的 海……

你是懂得爱的
因为我靠近你的时候
你清澈的气息
漫过我所有爱的幻象
我分明是为你倾倒
甘愿俯首脚下
聆听你在黑暗中奔跑的声浪

你不同于橡树榕树银杏树梧桐树的树语
是大脑皮层盛放的植物
但我却痴迷于你顽强而高贵的生命力
痴迷于你被雕刻的美
和你沉默的眼眸里　闪耀的宁静

我愿化作一株白色的曼陀罗　祈祷
最后一抹夕阳　完美地谢幕
只想我和你的影子
成为这座沙漠
若干年后　被发掘的琥珀
哪怕　不是以两棵树的形象
站在一起

16. 牧羊人诗话

黄昏时分
牧羊人赶着他的羊群　回家
一只小羊
快活地在他跟前跑来跑去
缠着他讲没听够的故事
牧羊人说
我刚刚把太阳装进口袋里了
这是我俩的秘密
回家早早睡觉
明天一早还来这里
我把它挂在树枝上
给你当早餐

17. 梦无边际

我是累了吗
像是在海上漂浮了很久　很久
我的身体
轻得像一片羽毛
飘过红珊瑚和鱼群
我要去往何处

耳朵和身体里　储满了风
可以放心浮力
并向着远处的岸
抱紧憧憬
像抱紧一只漂流瓶一样
守着灵魂的密语

我一遍遍暗示自己
要尽可能地　保持体力和自由呼吸
此时　求生的愿望
如此神圣

身体越来越轻　越来越轻

我开始飞啊　飞
在梦里　巨大的沉船
依旧在延续着睡眠
甲板上的两个年轻人
轻松地拥抱
他们只谈爱情
不谈死亡

第七辑

寄给　不曾远去的美丽

我的心　能够听见

来自不同世界的　呐喊

一些忧伤的名字渐行渐远

却留下回忆与怀念

并且　依旧温暖……

经过一只鱼的海

JINGGUO YIZHIYU DE HAI

1.

愿望

——题照片《等待重生的孩子》

血　在脉管里流着
一滴一滴的声响
仿佛穿透了他的心脏
可以感觉到还活着
像空气中
一颗细小的尘埃一样　活着

氤氲潮湿的房子
是他走向天堂的临时归所
没有恐惧
或许他根本就不知道　恐惧
没有哭泣
只有无声的泪
一滴一滴　融入他的血液

把时间当作破旧的闹钟
把医生　看成锋利的手术刀
他冷静地注视着
割走　他最痛的部分

然而时间
却是静止的　静止的
像是死亡来敲门了
告诉他
有人早已肢解了他的存在

他觉得自己
还不如一只流浪的小狗
总会有人施舍一块骨头
他的骨头
这时正被一个老中医　浸泡在汤药里

等待什么呢
漫长和痛苦一样漫长
他的愿望　不是等待重生
而是一个可以容得下
他安然离开的　小小病房

2.
四月一日·孤独飞翔的精灵

四月一日
被你这只孤独的精灵
标注成飞翔的时间
你的翅膀
穿透黑夜的孤寂
空灵的歌声　震落漫天星辰
那一夜的流星雨
是天堂为你燃放的焰火啊

天堂那么远那么近
仿佛看见你的左右手
紧紧握住一枚胭脂扣
怪你过分美丽　芳华绝代
夜半的歌声
难掩　你的玻璃之情

侬本多情　侬本多情
最冷的一天你守住风口
让风继续吹　继续吹
或许　你赤裸的秘密

无心睡眠
而化身一只红蝴蝶　去访英台

飞翔啊
你飞翔的弧线
任性地在四月一日的天空
划破　一道深深的伤口

注：这首诗写于歌手张国荣离世十二周年纪念日。诗中有他生前演唱的很多歌曲的名字。谨以此诗向自己喜爱的艺人表达深切的缅怀之情。

3. 孤独

——写于4月2日“世界孤独症日”

孤独的精灵
昨天已经飞走了
大地上一个孤独的小孩
依然等待
一双可以飞翔的翅膀

这个日子风雨交加
傍晚的天空
又开始　飘雪
这是春天的景象吗
哪一个星球
会排列这样的节气

四月二日
全世界的人类可以同时孤独吗
为一颗心打开一扇门
为一份命定的孤独
守着阳光

手臂上系着蓝丝带的小孩

经过一只鱼 的 海……

在风里
一片一片捡拾
黑天鹅抖落下来的羽毛
我想画一对翅膀　送给他
可是一张单薄的白纸
竟然　承受不了
半片羽毛的重量

4. 冬天　父亲的霜花依旧开放

凝固的冬天
父亲的背影
和他手中那把精美的小笤帚
冬天的童话
就是从纯洁的玻璃窗上
厚厚开着的雪花儿　开始

夜里　谁动了我的图画本
在洁白的纸上
画了好多好多漂亮的雪花儿
父亲鼓励我　宝贝儿，咱们接着画
我就踮起没穿袜子的小脚丫儿
画啊画

画满低处的
父亲会抱起我
把最高处的统统画满
画好多小花小鸟
和牵着手的小伙伴
画穿着裙子的姐姐和放花炮的哥哥

画父亲和母亲结婚时的样子
画领着心爱的小花狗
去看小脚的外婆

父亲手里那把小笤帚
原本是准备为我
把堆在梦里的那些寒冷扫去的
可是他又想在太阳照临之前
为我多保留一些
美丽的记忆

一个初春的早晨
父亲和手中的小笤帚一起
睡得　很沉很沉
再也没能叫醒

父亲的霜花
从此在故乡的土地上　开放

注：小时候，北方的冬天，尤其是夜晚，室内外温差大，早晨起来窗玻璃上会结满洁白的霜花，图案非常漂亮。但为了让阳光照进来，父亲就要赶在这些霜花还没融化前用笤帚或者刮板把它们清理掉。

5. 写在清明前一天·给父亲

这一天　你离我那么远　又离我那么近
这一天　很冷很冷　也很暖很暖
这一天　我为你守着光明　你为我守着黑暗
这一天　那些花儿是我让它们为你开的　也是为我开的
这一天　我把种子安放在泥土里做你最乖的小女儿　听你的话长大
这一天　我想念你　你想我了吗　父亲
这一天　我把眼泪和想对你说的话都藏在心里
这一天　你在天上　我在人间
这一天　我只想做你来世的情人　父亲

6. 一条哈达模糊了我的双眼

八月　草原被诗歌融化
夜空辽阔
银河两岸的星星
打理着月亮的懒散心情
草原是不需要睡眠的
它一直在歌声里旋转着　沸腾着

钴蓝色的蒙古包
是老人一生找寻的家
他端坐的样子像我的父亲
他手舞足蹈地歌唱着
死亡像一碗奶茶
被他悠闲地咀嚼着
他在诗里说　请把我埋葬在大草原
那样平静地说出了死亡
那样温暖地描绘出死亡
那是我的父亲　我前世的情人

我不知道
该怎样为他送行

才是最美好的回忆
才会永远珍存他的温暖
一条哈达模糊了我的双眼
我想为他唱一首歌
可是　我的喉咙瞬间枯槁

他和他心爱的人
共同围着一条哈达
他们被圣洁的河流洗礼
圣洁的哈达　圣洁的爱

他让一个孩子　帮他
把哈达　系在草原一棵疯长的小树上
从此　那条哈达
一直在我心上　飘荡

7. 寄给　不曾远去的美丽

——教师节想起小学时的班主任香芹老师

这个日子
我想起了你

想起你的名字——香芹
在那个乡村小学黑板上
第一次出现时的神奇
想起你在语文课上
清澈明丽的眼神和漂亮的粉笔字
想起你在班会上
像泉水一样轻柔温暖的话语
想起你在操场上
看我们玩耍时一脸的幸福
想起你在作业本上
清秀的小楷眉批
想起你在毕业照上
端坐在前排的　那个位置

这个日子
我由一首歌想起了你

想起你说的每一句话
想起青春之歌里的那个你
想起拖着病重的身体站在讲台上的你
想起埋葬在乡村沙丘上的美丽的你

这个日子
你是否看到门前的菊花
正在默默盛开着
是否看见落叶的悲伤
是否看见一只蝴蝶在窗前流泪

这是最好的礼物么
我写上属于你的地址
用世上最诚信的特快专递　寄给
不曾远去的你　和你的美丽

注：这首诗已经被著名作曲家张世民老师谱曲。谨以此诗献给人类灵魂的工程师。

8.
熟睡的天使
——写于12月26日伟人毛泽东诞辰日

水晶宫里熟睡的婴儿
为何　选择今日而来
是圣诞夜的礼物
还是上苍的恩赐
关于你的一切秘密
所有人都试着解读
只有你
看清了一切　并改变了一切
用你的大智慧和超能力

天使啊
为何你的睡眠
这样漫长
又是谁在你的梦里
种满了杜鹃

不就是一颗在红土地上焐热的种子么
哪来那么多的粮食
供养我们和我们的子孙

不就是一个天王星么
哪来那么多的护佑
可以无数次死里逃生

不就是一座雕像么
哪来那么多的坚强
可以扛住生离死别　粉身碎骨的痛

不就是屈子《九歌》里的神么
哪来那么大的力量
可以激扬文字指点江山
可以九天揽月五洋捉鳖
可以醉倒吴刚降魔斩妖

熟睡的天使啊
你要在今天醒来
去完成一个救星的使命
一路经过众人的膜拜
在世间最安宁的地方
种下一棵桂花树
并且　开花不朽

9.

命运之五朵花

——祭哈尔滨大火中牺牲的五名年轻消防战士

在秋天之后
在春天来临之前
那些花儿　开放了

像是命运
选择了　这个日子
无情催开稚嫩的花蕾
那些在冬天里开放的花儿
只有母亲
才能认出的名字和笑脸儿
那些　在烈火中绽放的花儿
谁能体恤
那令人疼痛的美
究竟是谁的孩子　又是谁
让这冬天的风　如此凛冽
让这些花儿　残酷地开放并凋谢
是众人翘首期待的一场焰火吗
我们该怎样祭奠
这瞬间绽放的花儿呢

一朵一朵一朵一朵一朵
数到　心在滴血
一滴一滴一滴一滴一滴

10. 音乐　依旧不会停息

殿堂之上
众人组合成人声伴奏乐队
邻家女孩儿的一场告别礼
正在进行时

迷人的一袭长裙
嵌满了昨夜飘来的雪花
忽闪的睫毛上
丝绸般的发梢上
散落着娇俏的雪花儿
面如桃花酥胸微露
公主一样的女孩儿
天籁般的声音
淹没了背景和掌声

纯净的天鹅绒地毯　伸向远方
音乐　不曾停息
这只是一次任性的旅行
不需要离别的感伤和惆怅
就让所有人的祝福
送你去任何更好的地方

让你随心游荡　歌唱

即将远行的女孩儿
花蕾一样稚嫩
亲吻钢琴的小手儿
轻轻拭去母亲脸颊的泪痕

记住　最后的拥抱
记住母亲贴紧的乳房和体温
记住　回家的路
和雏菊盛放的小巷
不要回头
一直一直向前走
前方　不会有海盗蓄谋的红颜劫
不会有黑暗渲染的白昼
和航班延误的消息
你只需用一朵花开的时间
修建　一座可以自由飞翔的天堂
音乐　依旧不会停息
不能停息
和音乐合二为一的你
1/2 的你　从此
一半属于未来
一半属于过去

注：此诗写给歌手姚贝娜。

11. 嫁衣

果子熟睡的时候
我挑灯织布
为赶制一件嫁衣
一件和死亡和战争和幸福微笑的嫁衣
我就是阿伽门农的女儿
黑夜的灰烬
是爱情最后的燃烧

我已经跟随唱诗班的吟唱
戴上圣洁的花冠
我要披上这亲手缝制的嫁衣
在黎明到来之前　赶路

我看见　一滴血划破天空的伤口
或许　我该用刚刚织好的缟绫
包扎一根属于我的手指

这时　果子从枝丫上
扯下一根透明的丝线
而我知道

我将被这根丝线捆绑着走向祭坛

一只乌鸦在哭泣
我突然发觉它的美　胜过一滴泪
嫁衣在我手里　被风吹落
一群蝴蝶　从嫁衣上飞起

12.
致玉树

玉树　天堂里的植物
在冰冷的春天摇曳
还有那些飞舞的天使和精灵
不要流泪
不要打湿翅膀上圣洁的羽毛
以及亘古不变的纯净……

我们一路祈祷
用被魔鬼割断的喉咙
吟唱藏歌　还有
族人的赞美诗　和照耀黑暗的火把

神灵的庇护
不需要虔诚的膜拜

废墟上盛开的花朵
啜饮　斑驳的黑夜
枝丫的语言凌乱
呈残缺的美　给白昼

13. 伊人 在水一方

河流和尘埃一起　被放逐
这个日子
因你　成为节日

你像一尾鱼
在思想深处　游动
流浪的那些时日
漫山遍野繁茂的艾草
是五月的离骚
绽放成　旷世已久的香

伊人　在水一方
留下所有的思想　包括粮食

有人用竹叶把粮食包好　等你
有人着汉服在《九歌》里寻你
其实　他们根本无法想象
你此时的样子

14.

一棵树

关于这棵树
原本就是一个生命
却被我命名无数次
无数个不同的名字加起来
就成了我心里的森林
其实　只是一棵
在我心里生长的树

这棵树常常被我忽略
因为我没有刻意标注
或者特别用心呵护过
所以　它在夜晚的时候
或者寂寞
或者伤心
或者　撕裂成无数个伤口
我全然不知

很多时候
树是一道风景
是倦鸟栖居的巢臼

蝴蝶也会站在伤口上歌唱
蚂蚁　成群的黑蚂蚁
是它忠实的邻居
而我　只简单拥有关于它的记忆

这是多年前
我独自栽下的　没有名字的树
现在　已硕果累累
我相信　这是福报

我每天经过
并且膜拜的这棵树
一直在我心里　生长着
是用心血浇灌的
是我的　今世和来生

15. 叶子的痛

树痛了　叶子片片飘落
落在地上的叶子　会痛
那些落在地上的叶子啊
为什么会痛呢
痛的是曾经陪伴的花　悄然凋零
痛的是远去的雁儿
驮走了无辜的风

漂在河面上的叶子　会痛
水的温度　沸腾之后
也可能骤然结冰

飘在空中的叶子　会痛
从根上开始的憧憬
再回到远处时
已是遍体鳞伤　千疮百孔

经过一只鱼 的 海……

飘在心上的叶子
也会痛
微笑也痛　呼吸也痛
痛　更痛
那是爱之树上
受了伤的　情

在钢琴上跳舞的黑蝴蝶

优雅于某一时刻的　倾诉

宛若黑夜的舞蹈

在一颗星辰的光芒里

恣意燃烧……

经过一只鱼的海

JINGGUO YIZHIYU DE HAI

1. 一线光明

窄窄的一线光
把我从黑暗中剥离
但已经足够
让我看清梦的颜色
和窗外　逐渐走近的黎明

这光是干净果断的
将黑夜和白昼
切割成不同的事物
黑夜的部分是海水
白昼的部分是火焰

而我　更像一个幻影
在海水与火焰之中
寻找方向
在这一线光明里
探寻　海水与火焰
存在的规律和秘密
以及我　该以什么样的方式存在
和存在的意义

一个声音告诉我
走到光明里去
是的　我毫不犹豫地走到光明之中
梦开始变得真实
而比梦　更真实更光明的
是我自己

2.
思念是唯一属于我们的时间

许多人的狂欢
许多人的孤单
我和你　在世界的两端
把思念分割成两半
一半是汹涌的海水
一半是燃烧的火焰

思念是唯一的时间
每分每秒　都精确地记录爱的滴滴点点

思念　在爱的潮涌里
把时间洗涤得只剩两颗精美的针
被钉在十字架上　那是爱的信仰
在爱的火焰里
把两颗心淬炼成金子般的爱情
在流年里
　　　　守着宝藏
守着爱情
　　　　守着信仰
守着思念
　　守着　唯一属于我们的时间

经过一只鱼 的 海……

爱是时间　堆积的思念
让人狂欢也让人孤单
而我和你的狂欢和孤单
就在时间里　奔跑着
呼喊着……

我们虔诚地把两半思念
拼接在一起
拼接成黑夜和白天
拼接成　无法划分的思念
一个完整的时间啊　无法划分
属于我们唯一的
时间　无止无息的思念
无止无息……

3. 阳坊印象

告别我的城市
告别落叶安睡的街道
以及亮着灯的房子
母亲目光停滞的方向
被一场匆忙　屏蔽

短暂的别离
简单得不需要任何行李
一张机票无法抵达　阳坊
一个名不见经传的村庄

三百元人民币
买走了　我在北六环上
五个多小时的雾霾
我的天在哪里呢
阳坊　更像是海市蜃楼一样

晾在村口的玉米
只等一片阳光

我来时　不见阳光
我走时　阳坊依然是雾里的阳坊

注：2014年10月，我去阳坊参加为期一周的培训，那几天都有雾霾。随性而成的日志，也真诚祝福明天的阳坊天空更蔚蓝，阳光更明媚！

4.

在钢琴上跳舞的黑蝴蝶

黑　没有填满黑夜
空白的部分
完全被纯洁占据
一只蝴蝶
隔着黑色的纱幔　试探端倪

远远看去　台角的钢琴
像一片黑色的水域
只有蝴蝶的羽翼
黑色的羽翼
煽动了　眼眸深处的一泓秋水

黑蝴蝶　充满了诱惑
她的黑眼睛像黑水晶一样　炫目
她只是稍稍秀一下舞姿
所有睁大眼睛的人
像无法逃脱魔咒
纷纷跌落　那片黑色的汪洋

这时　黑蝴蝶诡秘地一笑
转身而去

5. 那时的笑容

仿佛很久远
记不得究竟是哪年哪月哪天
我们五个小伙伴
被装进了同一张照片
每个人都笑得很无邪
其实　根本想象不出
为什么笑成那个样子　尤其是我
笑得简直没法形容

那时的笑容
真的　就是个萌
那时的未来
原来是现在这样的啊
五个人在五个不同的世界
选择了五种命运
那时的笑容
似乎是命定的

我极力回想着拍照那天的情景
比如照相的师傅

其实是我班付晓波的父亲
比如　为什么只有我们五个人而没有某某某
比如我穿的那件衣服是在哪里买的
比如为什么男生坐着女生傻乎乎地站着
根本就是男女不平等嘛
比如　究竟是谁提议去拍照的啊
比如那一元二角钱照相费
是谁慷慨解囊的啊
等等等等
怎么就没有一件记得清
唉！

这张照片
过去的三十年间
我怎么就没有看见过
并且　我记忆里根本没有它的存在
它已被留存了一万多天啊
最该感谢的
当属至今在银行里工作的侯玉梅同学
一个根本没在照片里出现的　我的好朋友
是她细心珍藏了　那个瞬间
当我第一次
看到这张照片的时候
汹涌的泪水
一瞬间淹没了　那时的笑容

6. 归来

我的双足已然落在桃园
像两只憩息于青青草色的蝴蝶
细软的情话　在草尖儿上缱绻……
桃子早已经成熟了　在枝头等着我
整个夏天　在膨胀的果核里
甜腻得昼夜不分
疯狂得昼夜不分

那怎么就是爱呢
有没有更诗意的光阴
可以替代这甜腻的味道
我不就是曾经亲吻了一只青涩的桃子吗
为什么我的双足总是渴望回到桃园
而且　完完全全地不由自主

7. 水杯子

一只水杯子在我前面
中间与我空着几个位置
我一直没有养成喝水的习惯
所以　无法体会口渴究竟是怎样的煎熬
看着端杯喝水的人
觉得就是一种休闲
漫不经心地把水咽进喉咙里
流逝的无非就是液态的时间
我想　他们未必多么需要水
来激活代谢的细胞
就像这只水杯子
其他的人　未必更加需要

其实　水杯子
也决定不了自己　安放的位置
它的身份只有一个
就是　容纳适量的水
并且一尘不染
一滴不漏

经过一只鱼 的 海……

我一直没有发声
根本没必要润色喉咙
水杯子对于我来说就是物理学概念
一个相对静止的物体

偶尔　我看一眼那只杯子
被一只手漫不经心地端起来　放下去
或者被倒水的服务生殷勤地蓄满
那只杯子里的水
一定也是无色无臭无味

我不由地想到了
那只找水喝的乌鸦
它究竟衔来多少颗石子儿
才喝到了瓶子里那点可怜的水
为什么　一只乌鸦的智慧
被写进了教科书

由一只乌鸦
我又想到那只盛水的杯子
想到制作杯子的人
以及　摆放杯子的人
是多么智慧

那只水杯子
不过是一个纸质的消费品

在被丢弃进废纸箱之前
是否会记得
一只手与嘴唇的距离和温度呢
是否知道
一个冷静注视着它的人
正在担心
一只水杯子的命运

注：有感于某次会议上看到的摆在前面桌上的纸杯子。

8.

我看见你在沙漠里跋涉

沙漠　是些困惑的沙子聚集而成的
巨大的困惑
在渴望的海上　漂浮
你丢掉桨和救生衣
沉入　这深深的海洋

你的鞋子　在时光里漂浮
我想　你一定跋涉得非常非常辛苦
那沙漠严重缺水　连棵草都不生长
哪来的鱼呢
你竟然像沙漠里的蜘蛛一样　耐心地
天天结着网
而且相信这一片沙漠
若干年以后
会变成一片汪洋

你的背影
是隐藏在光芒里的忧伤
我看见你在沙漠里　跋涉
并且　看见你在一片蔚蓝之上
泪流满面地　歌唱

9. 喜鹊

早晨　一只喜鹊偷走了我的睡眠
我白蕾丝睡裙的花边
也被她随手　捋走
她站在对面的屋顶　向我炫耀
我看见那条花边就披在她身上

这只美丽的喜鹊
我分明看到　她美丽的内心
她在歌颂着什么
或者是与我有关
总之　她的样子我喜欢

她一直兴趣盎然地歌唱着
仿佛周围的一切都被她掌管
她跳上一棵苹果树
在果子中间
像盛装的女王一样
高傲而且温暖

高傲而温暖的喜鹊
一只偷走了我的梦的坏家伙
你的歌唱　究竟能偿还我什么呢
一整天　我都在等待中
苦苦思索

10. 一杯水温暖了我的爱情

此刻　我正对着一杯水
展开联想
完全出于由衷的感恩和敬仰
在那么长的时间里
我与这杯水　擦肩而过
因为　我总是
忽略了　饥渴的时间和诸多细节

幸好　这杯水还在这里等我
并且一直为我保持最初的 100 摄氏度
我是多么需要这杯水的温度
来融汇我的血液
以及　冰冷的夜晚
也需要这杯水来验证
我的心　和我的手
能否一直焐暖着它　以后的时间

我还要知道
一杯水　已经温暖了我的爱情
是不是我的爱情
足够　温暖一杯水的永远

11. 花轿

花朵一样的女儿
赶在冬天之前
为一顶花轿　加冕

女儿是幸福的
整个花季都灿烂无比
娇嗔和香息　是花的生命
也是女儿所有的嫁妆

一顶花轿
可以遮风挡雨
一顶花轿
从此改变了　女儿走路的姿势

花朵一样温暖的女儿
坐在花轿里　幸福地流泪
有人在这一刻
幸福地扛起　一朵花的重量

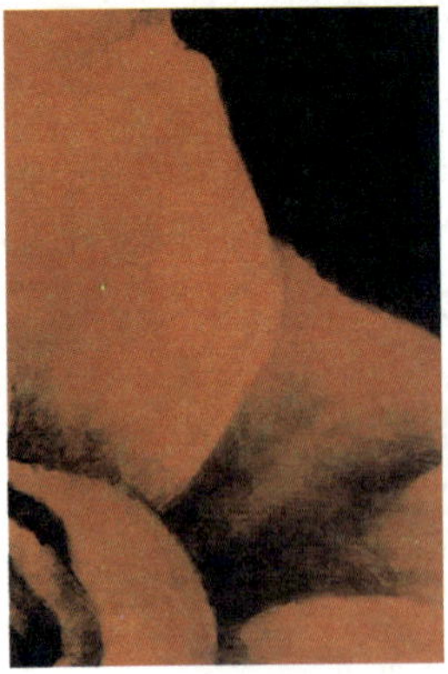

12. 午夜的木偶戏

相信　什么都是真的　所有相关的细节和过程
专心看台上的木偶戏
留一空位给自己　假装有人陪伴左右
不必失落　不必难过　努力开心大笑

原本没有什么　原本什么都没有
只是一个人的剧情
躲在黑暗中看表演　把自己藏得更深　更深
不让心知道自己很受伤

随便折腾
折腾累了就停下来　没有人会在乎怎样谢幕
随便鼓鼓掌　假装自己被感动了
操纵木偶的人很专业
骗过了我在黑暗中的眼睛和我的天真

其实我知道这不过是一场表演　但还是努力看完
今夜　我没有任何地方可去

第九辑

写给回到草原的玉儿

青葱和繁茂

一年一年

沿着风和雨的方向　回归

梦中的草原

苍茫而璀璨……

经过一只鱼的海

JINGGUO YIZHIYU DE HAI

1. 宫殿（或草原上的旧房子）

千年以前
我在这里放牧
在草原与草原之间
隔着马匹　和成群的牛羊
在马匹和成群的牛羊之间
隔着　比草原更大的草原

父亲的背影矗立成山
母亲的奶桶
被风吹倒
牛奶一样的河流
被写进传说

我是在草原上歌唱的小孩
丢掉牧羊的鞭子
丢掉书籍里标注的地址
我只要仰望太阳和云朵的位置
就能找到回家的路
找到用泥巴和牛粪砌成的房子
那是我的家

是我在草原落地生根的唯一证明

千年风雨之后
那房子　依然很美
像宫殿一样
讲述　我曾经是它的王

2.
秋天的风吹过我的草原

风　来之前
秋天是我的
天空的云是我的
草原的碧绿是我的
远方的羊群是我的
我　是我的
一切一切　都是我的

夜里　风来了
没有邀约　却华丽得令人窒息
藏起麦穗的锋芒
只用灵魂歌唱　歌唱果实的芬芳
只用一种炽烈的红
点燃太阳
点燃枫树
点燃夜晚的篝火
点燃女儿微吸的唇
和她摇曳的舞姿
点燃在风中飞舞的雨
也把我点燃　成一只妩媚的火烈鸟

经过一只鱼 的 海……

我将翅膀伸展成圣洁的草原
任风驰骋

原来　你就是风
风就是你啊
这些　你在梦里为我采撷的花朵和甜蜜
在随意翻动的经卷上
每一页都印着你的吻痕和呼吸
仿佛　那些星光
也遵从了你的旨意
在我清晨的梦里
依然　眨着惺忪的睡眼
炫耀昨夜的风雨
和战栗的秘密

我重新回到昨夜的梦魇和我的草原
搅动森林里温润的河流
寻觅一只鱼儿的暗语
在洞口燃烧篝火
温暖并照耀　你来的路径
铺满稻草的眠床
和你放纵着野性的呼吸
在这一夜
守护了一万年以前的记忆

这一切

我确信这一切都是你的魔力
是你鼓动风雨
飘落我的草原
追逐更远的呼唤啊
是你　将蔚蓝色的屋宇
雕刻成一把凌厉的钥匙　给我

一瞬　只是一瞬
你就带走了全部
带走了彩虹之前的一场雨
带走了远方的草原
还有　远方草原上的我
和我不能冬眠的　爱情

3.

滴落的星子

夜的帷幕
被无数双手聚拢成苍穹
夜风穿行其中
马头琴缝合的伤口
隐含着伤痛
摇曳的蒙古包
仿佛掩藏了所有的秘密

醉卧草原深处
思念蜿蜒成河流

天空张开的网
星子　像鱼一样游动
宛如水滴一颗一颗　滴落
在哪里滴落
又在哪里升腾

草原　是天空延伸的部分
星子滴落的草尖上
无数的梦变得透明而安静

这短暂的黑暗
注定　要被幻想蒙蔽
抑或被歌颂和记忆
因为　星子滴落的瞬间
有人双手合十
来世的雨季　汹涌而至

4.

黑夜　落在草原上

黑夜　落在草原上
你的名字　被风吹进了帐篷
马头琴的倾诉
和尘埃一样
加重了　我的伤口

琴声　就在这黑夜
落满我的双肩
和沟壑一样的皱纹
而岁月的风雨呢
像这深入骨髓的黑
被苍凉的月光
洗劫得　干干净净

黑夜落在草原上
帐篷　还离我很远很远

月亮　一万年的冷
流浪的途中
再也没有人　遇见我
并且　把我感动

5.

献给水边的阿利坦

（一）

水边的阿利坦
某个雏菊带露的凌晨
被晨曦中的音乐迎头击中
靠近梦境的阿利坦
踩着琴弦的步伐
划分出净域和黎明……

划分出建筑与美
黎明由白雪和你构成
童话中的阿利坦
城市的秘密和你之间
被春天的花事紧紧包围

（二）

让我远远地凝望
如水如歌的阿利坦
你的裙裾是心弦上舞动的彩蝶

一个一个抖落的梦
是一串如歌的行板
一颗纯洁的心逐渐融入
盈盈发着金光的阿利坦

醉卧夜晚水波之上多情的女子
今夜你的手指被风缠绕
月亮　是你黑夜中柔弱的芭蕾
离梦最近的地方
—— 阿利坦

你婀娜的身影
在银河湾的深处
被时光冲洗成斑斓的胶片

（三）

我知道
在金子筑造的圣殿
歌唱的你
是我日夜渴念的阿利坦
是我倾尽所有
追逐着的　双子座的阿利坦
我心中圣洁的女王
即便你来自异乡　我依然
能从母语的诉说中找到

藏金的钥匙
为你——

我在等待雪季的来临
等待这个世界最初的纯净
即将开启的盛典
携你的手走过百里长堤
以雪的名义　在逐渐广袤的原野上
被雕刻成烫金的封面
—— 永远的阿利坦

注：蒙古语“阿利坦”译成汉语意为“黑色的金子”，这里指的是通辽市区西辽河北岸的一座小区的建筑名称。

6.

我在今夜的草原　等你

今夜的草原
漫过风雨的宿命
适合邂逅一场爱情
一场宿命般的爱情
青春　是无法蒙蔽的
开着紫花的苜蓿
在草坡上　静静地聆听

我希望我和你
就像夜空上的两颗星星
只在夜晚
看见彼此的光芒
钻石一样的光芒
而不是钴蓝色的忧伤
哪怕我们渺小到只能成为夜的句点
至少　我们有过美丽的开篇

其实
我希望我是草原上的一棵树
远远地　就能被你认出

并成为你命定的方向
我的根裸露于每一个季节
而且　忘记了疼痛
你会用那条圣洁的哈达
把我系在心上吧
我知道　那是最虔诚的祝福

而今夜
我只是一块孤独的石头
凝固了所有的时间
不想讲述狼图腾　和不着边际的梦境
在一片碧绿中间
那块奇特的草化石　就是我
因为你曾经也是一茎小草
千年以前　和我同属于这片草原

在今夜的草原
我依旧以一茎小草的宿命　等你吧
直到那颗最亮的星星
在天边　奇迹般地出现

7. 迎向光芒（组诗）

序：据史料记载，这里一百年前是一个小镇，蒙古语叫“白音太来”。我以蒙古族和汉族的混合血统在这里生长，我聆听到的如果不是矫情和媚俗的颂扬，那么，就是我朴素的敬仰……

（一） 回眸已是百年

从一棵老榆树和老哈河的对话里
我听出　这座城市有一百年的历史了
也就是说
一个世纪的光阴　在这片土地上
留下了抹不掉的痕

这座城市
在草原的中心
我已分不出
哪里是城市哪里是草原

只有蓝天和白云划分的境域
被雨后的彩虹　标注
这里的草原、沙漠和湖泊
也是一百年前被命名的
它们素颜登场
展示令人窒息的美

古庙浑厚的钟声
唤醒飞鸟的梦境
唤醒两万年前的冰川　以及
在古长城外扎营的铁骑兵
战争、鼠疫、洪水和饥荒的阴霾
只在一张褪色的纸上记载

大汗的神弓
射落一枚金箭　从此落地生根
回眸之处
已是沧桑百年　万种风情

（二）　科尔沁人的史诗

人　是在城市和草原的边缘
舞蹈着的精灵
像一部史诗中的象形文字
掩藏了所有的秘密

我在这部史书的第一百页
看到一系列注解
关于陈国公主和孝庄皇后
谁的爱情故事更经典
关于菊力玛和僧格林沁
谁的剑更锋利
关于麦新和齐·宝力高
谁的音乐更震撼
关于刘宝山和任明德
谁的事迹更惊天动地

我看到牧马人和民间老艺人
背着马头琴
走进哈丰阿的《蓝旗》
原来　这只是一部史诗的开篇
而我所能做到的
就是　将这部鸿篇巨制
一直阅读到岁月的深处

（三）　蒙古新娘

雪落草原
大地一片圣洁
像圣洁的哈达铺满父亲的草原

一场婚礼

来自于族人对丰收的庆典
来自于对苍天般的草原
最神圣的祭奠

从版画中走出的新娘　娇美如花
绣花的蒙古袍、靴子和烟荷包
衬托缀着红玛瑙和蓝松石的头饰
羞涩成低调的奢华
新郎是一位俊朗的汉族小伙子
喝过上马酒
他要带着心爱的姑娘走出草原
走到城市的中央

爱情童话的大门
始终没有办法　关上

（四）　草原的味道

季节的风
会把草原的味道　带到很远很远
草原的味道
就是思念的味道
母亲钴蓝色的毡房
就是这味道的出处
乌日莫和吱吱冒油的牛肉干
饮马的河流和牧铺的炊烟　以及

游弋的羊群
一次次闯入城市的摄像头
草原上转动的风车
与城市里高耸入云的幸福　遥相守望

蒙古王　醉了草原
醉了城市霓虹
醉了飘扬着红色国旗的村庄
这新的气象　新的变化　新的希望
就是草原的味道
就是一股巨大的能量
就是梦在燃烧
所释放的味道和光芒

我要以一颗勇敢的心
迎向光芒　迎向光芒

8. 写给回到草原的玉儿

——仿屈原《九歌》，为孝庄也为爱的自由灵魂而歌

（一）

玉儿　这是你的草原
是祖先给你的荣耀
你的美　燃烧了春天的萨日朗
燃烧了火红的裙裾
和天边的霞光
燃烧了远山的石头和黄昏里的炊烟
燃烧了我心头一个美丽的名字　玉儿
以及我啊

（二）

一切一切　都属于你
属于和你有关的一切时光　包括我
包括在风里飘荡的香息和静谧
钴蓝色的河流和雨
以及　月光里的琴声和轻轻荡着的摇篮
那是你的生长
嫩草芽儿一样的童贞和无边的繁茂
在我的心尖儿上

（三）

我想那些露珠儿
一定和你月下的欢悦有关
被风拨弄的珠链
自由地　散落在梦的边缘
像是草叶上流淌的灵魂
转瞬间把心底的爱　打磨得光洁玉润
我要死死地抱住阳光
就像把你抱在怀里一样

（四）

用灵魂歌唱的　是你吗
在极尽豪华的宫殿
以万人之上的光芒　照亮
你清澈的眼眸
我只想吮吸　你眼眸深处疼痛的泪光
这一瞬间
我必须绕过关于死亡的话题
绕过　某些祭祀的场面
把你千年以后的灵魂
安放在　我滚烫的胸口

（五）

在天空煽动的翅膀
那一定是你的飞翔
在辽阔草原上飞翔的你
守着梦里的家园　和蓝色的翅膀
我要以风的名义
给你　更强大的力量和更美的天堂

（六）

蜿蜒的城墙和古老的宫殿
将你从前的青春　捎回了草原
你青葱的回忆
会在开满紫花苜蓿的山冈　年年翘望
也会在浩瀚的夜空
把草原漂染成蓝色的海洋

（七）

四季璀璨的草原
或许　深谙你心底的渴望
在每一条路上
都留下鸿雁的羽毛和马蹄的味道
留下勒勒车冗长的影子
但我更懂　你在至今

仍叫王府的　一座很有历史感的门前矗立时
为什么只能　默默无语

（八）

停落在东湖边上的那只黑天鹅啊
已将爱的魔咒　打破

如果　草原和爱情
可以用来界定　家的位置
那么你呢　玉儿
为什么把这片草原
和那只会唱歌的黑天鹅
毫不犹豫地　交给了我

（九）

我要歌颂桃花　玉儿
为你

你来了　它们就盛开了
那些桃花　就是你
——桃花一样美的玉儿

（十）

我要怀念
这个夜晚的风雨
因为　今夜的风雨里
我们朝着草原　赶路

（十一）

玉儿　你果真已回到草原了吗
我是否能在辽阔的岁月里
重拾你的芳华
你绣花的蒙古袍
此时　会在哪棵树下闪耀
我该在草原的哪个方向　等你呢

玉儿　这是你的草原
是祖先给你的荣耀啊
请允许——
虔诚的我同它一起　还给你

后　记

甜蜜的礼赞
——把这一天永远写在这里

这一天
所有的花　都拥向蜜蜂
所有甜美的笑容
都该献给善良的蜜蜂

辛勤而幸福的蜜蜂啊
忠实于自己的劳动
忠实于经过的每一片花丛
它知道哪一朵花最娇美
也知道哪一朵花的蜜最甜
只要看到
它为哪一朵花流连忘返
就该相信　那花的蕊
并非一般的美艳

这一天
整座桃园留住了春天
只为一只蜜蜂
曾经对一朵桃花
写下了甜蜜的誓言

经过一只鱼 的 海……

这一天
很多亚健康的人
因为糖分过高　而远离甜蜜
只有蜜蜂
守着一朵桃花　不离不弃

这一天
日子可以更长
长到可以没有白天和黑夜
长到幸福的劳作
可以替代　毫无负担的安逸
长到花瓣随风飘零　还能嗅到它的香息
长到可以把一朵花的贞洁
注入一只蜜蜂的生命里
如果　还可以
把这一天　定义为桃园的节日
那该是对蜜蜂一生的劳碌
最甜蜜的礼赞
我愿意　把这一天
永远写在这里　20150501 雨